都是
生活家

好感生活的32个提案

Every girl

loves life

蜜 思 / 作品

北京时代华文书局

序
花点小心思，
用细节把日子过成诗

我们五个姑娘——彭浪、yoyo、西西、蔚蔚、南静，共同创办了一个微信公众号——"蜜思"。分享什么呢？我们没有犀利的观点，也没有跌宕起伏的人生故事，都是平凡的女孩，不过抱持着一颗热爱生活、不甘平庸的心。

那不如，我们来写一写各自生活里，那些因为花了心思、虽微小却珍贵的事物吧。

就这样，我们开始了每天一篇的日更时光。在衣食住行的日常生活里，因为有了分享的心情，我们的眼睛似乎比平时更加闪亮了。

想起小时候妈妈用蒸锅蒸出的香喷喷的大米饭。那是没有电饭煲的年代，妈妈将大米淘洗过后先用水煮，沥出米汤后再放进锅里蒸，做出来的米饭格外香。于是，我依照着妈妈的办法做了一遍童年味道的米饭，还喝到了久违的米汤冲鸡蛋。我把这种欢愉分享在微信里。

我在白色的墙壁上用水彩颜料画了一个2米高的彩色摩天轮，没有搜索教程，完全DIY。每天起床看见它的时候，都能重温当时那因思考产生的快乐与践行成功后的喜悦。这个体验也值得分享。

……

我们渐渐发现，原来一束鲜花，可以装扮在家里的各个角落，可以放进小信封然后用冰箱贴固定起来，也可以插在细长的糖果罐子里挂在窗前……连香水瓶子也可以充当很好的鲜花容器。这样的巧思，只要稍微转换下视角，谁都能做得到。

还有，那些珍藏的CD，反复阅读的书籍，特别爱逛的小店，独家改良的食谱，享受独处的妙方……生活里值得好好端详、认真写下来的事物，原来俯拾即是呢。

五个姑娘轮流着写，竟然两百多天没有间断。

而我呢，也因为这样一件起初觉得有些压力的事，而拥有了更好生活的能力。

也许你会问，生活难道不是人人都会的吗？可是，环顾四周，生活得美好自如的人并不多。我们没有修习过生活这门课程，关于如何料理三餐，挑选适合的衣物，整理装点房间，和家人更好相处……都只是凭着直觉在做，或者根本不屑一顾。

那么，不妨先把自己变成一个陌生人，邀请自己来家中做客，用初次见面的眼光重新打量习以为常的环境。你会发现，"噢，原来书桌这么乱呀，稍微整理下就好了""衣柜里的黑色衣服好像有点多""嗯，阅读品位还不错嘛"……当你试着去发现和欣赏生活中有好感的事物时，那些不好之处也会自然而然变得好起来。

更甚，如果你抱持着要与人分享的心情去生活，一定会发现生活更多的独特之处。如此，便能开启生活的正向循环，朝着好的方向一直向前。就像当时的我们一样，即使在后来的日子里，结婚生娃，各自忙碌，但对生活的爱意却丝毫未减。

在这本书里，每一篇都是我们认为最值得与你分享的"小心思"。我们从生活的花园里将它们采摘下来，用"文字"这把剪刀修剪好，插进"书"的容器里。这和对待任何一个生活事件同样郑重。

除了五个姑娘的文章，你还会看到"蜜思"的朋友们——羊头、程璧、慧慧、宁远、潇然、金鑫、艾小羊的生活分享。她们都已在各自的领域里有所成就。外在的光芒之下，她们其实有着相似的内在力量源泉——内心深处对生活、事业、当下的热爱与付出。

"花点小心思，用细节把每天的生活过成诗"，这句话是"蜜思"的slogan（标语），也是我们想通过这本书表达的心意。

大多数女孩，天生就格外敏感于生活中那些细碎的、柔软的、美的事物。亲爱的，一定有很多事情，是你感兴趣的。那么，带着这份喜欢认真去做吧。你会发现，不仅生活一日日变得更加美好，还能收获一份内心的愉悦与满足。

只要花点小心思，每个女孩都是生活家。

CONTENTS
目录

每个女孩都是生活家
——好感生活的32个提案

CONTENTS
目录

每个女孩都是生活家
——好感生活的32个提案

第7章 练习一个人，也练习爱

第 *1* 章

让喜欢的事
成为工作

从头到尾做好一件事

彭浪／文

如果你问我们几个小伙伴，成立"蜜思"这几年最大的收获是什么，是出了几本作品，收获了多少粉丝，抑或是赚了多少钱吗？都不是。最大的收获，是体验到从头到尾做好一件事情的乐趣。

从头到尾做一件事，说起来很简单，要做到却不容易。以前我们当编辑，大家有句共同的口头禅"我家孩子"，说的是自己的书，就像十月怀胎诞下的孩子一样宝贝。不过那时我总觉得，自己充其量只是这孩子的接生婆而已。

在工业社会里，很多人都只是螺丝钉。一个项目层层拆分，最后每个人都只负责手头的一部分。即使完成得再好，只要没体会过从头到尾完整做一件事情的乐趣，就很难在工作中感受到自己身而为人的完整性和使命感。对于编辑而言，哪怕书再成功，也不会觉得是自己的功劳。而一旦失败，又会遗憾有太多自己不能控制的环节。

这让我们产生强烈的冲动，想要生个"自己的孩子"，完完全全从头到尾做一套自己的书。2013年4月，"蜜思"五个人集体创作的"美食小情书"第一季出版了，共三本：《幸福，一手"煲"办》《爱自己，好好吃早餐》《好菜知时节》。那时候，白天都还在单位上着班，晚上则为了这套书奋战熬夜，从选题策划、找出版社，到写稿、设计，再到宣传推广，我们真的是全部亲力亲为。虽然最后仍有很多不完美的地方，但这个过程中，每个人都感受到了自己更完整的价值。

比如蔚蔚是一个设计师，做完这套书，她意识到也许自己是不应该受限的，设计师也可以参与选题策划，甚至可以学习写作。策划、写作也是一种设计，而不单单只有点、线、面、色彩、结构、图形，才是设计。

比如西西，之前不是资深编辑，对自己的策划能力和做书实操能力都不够自信。但在操作这套书的过程中，恰恰是她的踏实高效的执行力，保证了整套书的顺利出版。而且，她负责编写的那一本，最终还是最畅销的一本。

于是，到了"美食小情书"第二季，我们就想更加贯彻"从头到尾"这一点。创作过程中，我们的文图互动是非常高难度的。如果不是有一个从创意到插画、设计都配合良好、互相高度认同的团队，凭一个普通编辑的单打独斗，很难做到这一点。

如果是一个编辑，基本流程无非是拿到作者的成型文字之后，构思插画风格，待插画完成后再交由设计师设计、排版。

到了我们这里，有时候是文字创意在先，插画和设计来配合。比如，《爱，不停炖》是一本关于煲汤的书，从单纯的养生，我们想到了心灵的滋养，于是有了一个创意，为每一道汤都配上一道心灵美食，比如电影，比如图书。自然，设计上受到启发，借鉴了电影演员的出场方式来介绍食材。

而《我们要好好的，吃晚餐》却是设计先行。设计师蔚蔚提议用一个像桌布一样的九宫格做底图，摆上不同的菜，九个格子可以有无数种变化。所以，在创作时，所有的菜式拟定都以能摆在九宫格上作为基础。九个格子，展现出两个人的种种关系，或平淡，或浪漫，偶尔还有一个人的孤单……

至于《我要的甜蜜"汁"味》，是关于各类饮品的。它们平时都不是主角，所以一开始，我们也想不到好的表现形式。直到看到一本日本的饮品书，把杯子摆在草丛中，摆在瓷砖

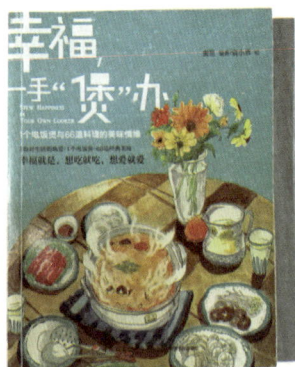

地面上，原来，饮品还有我们想象不到的那么多可能。于是，思路一下跳跃开去，请插画师画了几十个和饮品没有任何关系的小元素，比如旅行箱，比如旋转木马……插画师尽情发挥之后，再交给设计师随意拼贴，一只兔子藏在杯子背后，或者杯子里开出一束鲜花。这个时候，文字作者再去挖掘画面的诗意，配合不同饮品撰写文案，展示不同的生活状态。

一件事情，若能从头做到尾，真的是能焕发出无限可能。

当然，从头到尾做好一件事情，并不只是天马行空地发挥创造力，也意味着更大的责任。过程的曲折，暂且不表。只说书下印厂那几天，一旦文件有问题，出版社、印厂就会电话过来。有时候真是头疼得不想接电话，若是以前，要不就去问领导、前辈，要不就推给设计师了。现在，必须自己询问每一个

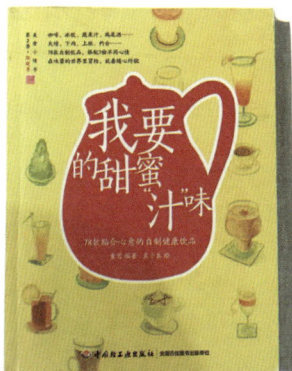

人，自己思考判断问题到底出在哪，如何补救，还得深入了解每一个可能出错的环节，防止下次再错。

可是，几次下来，我发现自己不再轻易抓狂，不再随意怪别人，不再逃避问题，而是能够跳脱情绪冷静地判断。

真正学习和体验从头到尾做好一件事，我想，这也是创作和工作的最大区别吧。创作中的人是更完整的人，他能体验从构想到亲自操作再到看到成果的整个过程。他对自己的作品是全部了然于心的，他与自己的作品建立起了一种内在的情感联系，当然，因为对整个作品负有责任，他也需要承担更大的压力和考验。这会催生出一种使命感。

当然创作也可以成为一门工作，但大部分人的工作，还是被分解的，不能决定为什么做，做什么，以及最后呈现的样子。赶紧完成这个部分吧，反正最后的结果也不是我能决定的，一旦产生这样的想法，难免就懒于思考，推卸责任。

所以，不妨试试从头到尾做好哪怕一件小事。慢慢地你就会相信自己，可以做更多的事情。这样下去，总有一天，会成为一个更好的自己吧。

让喜欢的事情成为工作

彭浪／文

记得高中毕业填志愿的时候，班主任极力鼓动我去填报金融政法类专业，一句话，好找工作。可我却一门心思报了中文，唯一的理由就是，那不是我喜欢的，我将来不想从事自己不喜欢的工作。

一直到大学毕业，学校宣传的案例，永远是外企、公务员、考研或者出国留学，流行的职场励志书也是《杜拉拉升职记》。至于为什么要往这条路上走，没有人解释，你喜欢什么，也没有人关心，更不会有人教你，如何才能从事自己喜欢的工作。

大学毕业后，一根筋地选择了出版行业，喜欢看书的人做了编辑，便觉得是天底下最幸福的事了。不过，这个行业的标准很多时候依然是"成功"，做出了畅销书是成功，赚到了钱是成功。至于你喜欢什么样的书，你要如何才能做出这样的书，抱歉，还是没有人能教你。

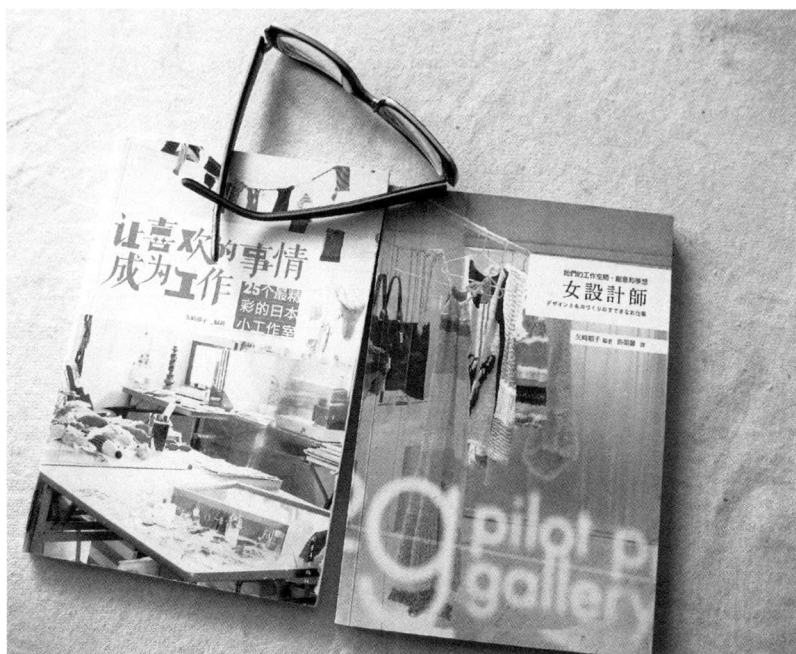

　　将生活的热情与美感透过工作传递出去，而工作中获得的回响又使得自己每天的生活更丰富而且享受——这真是一件最幸福的事了。

后来，我们几个朋友一起做起了"蜜思工作室"。我们不想了解现在流行什么书，我们只问自己，你想做什么书，然后，我们互相帮助，一起去做。几年过去了，竟然也做成了七本书，而现在，还在继续走着，也幸运地遇到了喜欢我们的人。

没有人告诉我们，有什么方法能让喜欢的事情成为工作，只是我们坚持认为，人生一定要做自己喜欢的事情。如果没人教我们，我们就自己摸索，不怕跌倒，不怕走弯路，慢慢地，把喜欢的那一份事情，变成一份安身立命的工作。

有了这样的心路历程，便不难理解我们对《让喜欢的事情成为工作》这本书的热爱了吧？那是我第一次看到这样一本书，展示出关于工作的丰富的可能。

第一次看到这本书时还是台版书，名叫《女设计师：她们的工作空间、创意和梦想》。

从书名不难了解，这本书主要展示了25位日本女设计师的工作空间，也穿插介绍了她们的创作背景、创作理念、一路走来的点点滴滴，以及日常的生活细节。这里面每一个职业都让人羡慕不已，有服装设计师、平面设计师、花艺设计师、插画师、玩具设计师、调香师，等等。

而她们的共同点主要有二：一是每一个人的工作，其实都是把一份小技能或者小爱好发展到了极致，比如料理、针织、绘画，这个世界上可以用来赚钱的工作真是非常非常多；二是，每个人的工作空间都非常美，非常具有生活气息。因为从事的是喜欢的工作，所以工作室也不再是一个硬梆梆的词，而是充满了可爱的温暖的个人气息。

这本书还邀请台湾当地的设计师们写了推荐序。

人像摄影师简伶玲说："能将梦想与工作结合在一起的职业，是最幸福的职业！梦想的力量可以改变一个女孩的一生。"

院子咖啡女主人爱米雷说："能够将对生活的热情与美感透过工作的方式传递和分享给他人，而工作中获得的回响又使得自己每天的生活都更丰富而且享受——这真是一件最幸福的事了。"

生活美学设计师张小珊则最认可书中的一句话："人最重要的就是要有自己喜欢的东西。"

这些话，每一句，都说到了我们心坎里，这不就是我们"蜜思"的追求吗？

后来这本书被内地引进，书名改为《让喜欢的事情成为工作》。这个书名可真是提气。"让喜欢的事情成为工作"，多么理所当然的事情，为什么现在才有人提起？

如果你对可爱、时尚的小物品感兴趣，如果你对漂亮的室内装饰感兴趣，如果你想知道这个世界上有那么多有趣的工作，如果你心中还有对于未来的梦想，那么，一定要去看看这本书，想象一下自己的人生还有没有更多的可能。

就像书中说的："请不要只是埋头于现在的工作，想象一下1年后，10年后的自己。"

最糟也最棒的人生，是从缺陷中找到美好

彭浪／文

我是带着挫败感离开职场的。毕业之后，一门心思想成为一名图书编辑，先后任职两家单位，想做的选题方向都不太被认可。

那个时候有一种年轻的骄傲与无畏，若是不开心，便觉得有天大的委屈，若是想做什么，便有天大的勇气。于是，在工作三年多的时候，我决定当个自由职业者。

心理终究是忐忑的：为什么我在职场上一直找不到自己的位置呢？从未得到职场认可的我，有能力走好自由职业之路吗？幸运的是，这时看到了《最糟也最棒的书店》这本书，说它是我的"命运之书"也不为过。

那是2012年，松浦弥太郎在中国还没成为人尽皆知的生活美学大师，他主编的这套"只工作，不上班"书系也刚引进不久。书系作者包括蜷川实花、皆川明、中原慎一郎等人，表面看是很知名的设计师或艺术家，本质上却是一群自由职业者，

通过不同的路径奋斗，终于从事了真心热爱的工作。而松浦描述自己人生故事的那一本，就叫作《最糟也最棒的书店》。

故事的起点从高中休学开始。

上高二的松浦对人生有很多疑问，比如"必须去上学"这件事就让他觉得不对劲，他总会想：为什么有些事是正确的？为什么我们一定要这样做？可学校里的老师也无法告诉他答案。

于是，他离开了学校，整天在电影院、公园、图书馆晃荡。没有任何想做的事，也没有学历，但总要找工作养活自己，于是开始打零工，做"拆屋工人"。身处社会底层，增长了不少见识，也知道为了生存，人必须要不断努力。

松浦喜欢阅读凯鲁亚克的《在路上》，向往那种"生活原来可以这么自由"的感觉。直到有一天，他看到了杂志上的美国风景照，想要去那里看看，他的生活才第一次有了目标，存钱去美国。

虽然不知道去了美国具体要做什么，松浦还是打了三个月工，辛苦存了五十万日元就去了。在美国还是每天闲逛，从不会说英文，到慢慢交到些当地朋友，也干过搬家这样的小时工。再拮据也没关系，回日本打几个月的工，存了钱再去。

在完全陌生的国家，有了独立自主的机会，也慢慢自信起来。在美国，他见识了各种流行、非流行的文化，也从社会上的年长朋友身上学到了礼仪、品味，知道了如何辨识好东西和坏东西。对古董杂货和家居饰品感兴趣之后，就去了纽约打工，帮人家处理开店业务。没有工作签证，就三个月往返一次。工作中，松浦发现自己有个最大的优点，就是善于"找东西"，比如，去书店很快就能找到自己想看的书。

于是，他开始靠这个长处赚钱。在纽约的二手服饰店淘到好衣服，就卖给日本的服饰店。他本就喜欢逛店，尤其喜欢收集二手美术书籍，知道同一本书哪个店卖五十美元，哪个店卖到三百美元。五十美元买来，看完之后，一百美元卖出去，如果客人嫌贵，告诉他隔壁店可是卖三百哦，然后客人就会买了。

后来，松浦抱着自己淘来的书回到日本，竟意外地受欢迎，很多设计师、摄影师都买了他带回的书。于是他想，这也许可以成为工作哦！至此，松浦弥太郎才终于走上了书店老板的道路。

原来，工作可以由自己创造啊！这是全书中最震撼我的一处。之前在职场，我看到的，都是别人设定好的路，别人制定的标准，所以我才一直想要努力去适应，适应不了，便对自己不满意。离开职场时，心中也是忐忑，不知道自己能做些什么。可如果反过来呢，就像松浦弥太郎做的一样，因为擅长找书，所以把它发展成了一个可以赚钱的工作。那么，即使离开职场，我们只要找到自己的优点和特长，设定好自己的标准，就能从中延伸出一条独属于自己的路啊！

《最糟也最棒的书店》像是一道光，又像是一次棒喝，所谓醍醐灌顶，无外乎如此吧。"大多数人都会先找出不好的地方或者欠缺的部分，然后想办法隐藏或改进，以求达到理想目标。但我认为这种做法不见得是正确的。因为不好的那一面也许也有好的地方，所以并不是将坏掉的部分修理好，而是大家都应该去找出隐藏在缺陷里的美好。如果可以将好的部分做得更完美，不但可以弥补原本的缺陷，还可以让它看起来更棒。"

松浦是在高村光太郎的诗《最美也最糟的路》中领悟这一点的，然后用自己的人生践行了这一点。而这个领悟，也让我轻松无比。对松浦而言，年少时的迷茫与无知也好，在美国时经历的曲折与困境也好，后来成为《生活手帖》总编辑、畅销书作家也好，都并不意味着哪里是低谷哪里是高潮，他也从来不给自己打鸡血，搞自我激励那一套。说到底，无论怎样的人生境况，对松浦来说，他都只是顺其自然、遵从内心地走了一路。

很感谢这本书在我的职业困惑期出现，为我开了一扇窗。之前很长一段时间，如果不知道自己想要追求什么，我总会忍不住地焦躁，一味地想去找，又不知道要找什么。有时候，我也会为自己设定一个高目标，想着激励自己去实现它，可一面对目标又不断打退堂鼓，觉得自己这也不行那也不行。总之，这样的情绪是很折磨人的，好像想努力，却又总是使不上劲。总会怀疑自己，为什么我不能做到像别人那样呢？

是的，不是最好也没有关系，有好的一面自然就有坏的一面，而坏的一面里也隐藏着最棒的自己。不用掩饰，只要接受，找到适合自己的表现方式就好。

人最重要的是要有喜欢的东西

彭浪／文

下班回到家，如果没有什么事，不如和我一起来看部电影。这部名为《永恒时刻》的电影，没有惊心动魄的情节，但它如老照片般的泛黄光影，节制却不乏激流暗涌的情绪，会慢慢把你带入一个女人的一生。

如果你看着看着就睡着了，也许你会在梦中不自觉地流下眼泪；要是万幸你越看越清醒，我相信，你一定在其中体会到了真正的人生况味。

故事发生在20世纪初的瑞典，玛利亚是一个普普通通的家庭主妇，操持着一个并不富裕的家庭。经历了工人大罢工和第一次世界大战，她的丈夫酗酒、打人、出轨，她到处给富人家做工，然后一次又一次地怀孕……生活里满是这样那样的琐碎。唯一的偶然，是她买彩票中了一台相机。原本她想把相机卖掉补贴家用，但照相馆老板却鼓励她自己拍着试试。

家务时的灵光一瞥，或是孩子成长的某个瞬间，就这样被凝固在胶卷上。生活似乎没有什么改变，可是拍照的时候，洗照片的时候，她的眼里放着光。照相馆老板和她之间产生了淡淡的情愫，但最终也发乎情止乎礼。孩子越生越多，男人屡次打她，生活境况有好有坏，她曾经想要放弃拍照，也想过离开家庭，但最终都没有。她坚韧地活着，也一直坚持拍照，直到去世。

据说本片是根据瑞典史上首位女性摄影师玛利亚·拉尔森的人生故事改编而成。但我想，片中的玛利亚，应该从来没有把自己当作过摄影师。她热爱摄影，也许只因为照相机突如其来的出现，让她体会到了生命的激情和快乐吧。她说，我忘记了自己已为人母，感觉自己变成了另一个人。这另一个人，才是潜藏在心灵深处的，被生活表象所掩盖的真正自己。

很多人都在找自己。曾经，女人们被家庭和生活的琐碎所束缚，没有自己，就像片中一开始的玛利亚，就像我们的祖辈和父辈时的女性。年轻时无暇喘息，无比绝望，有一天，孩子们长大，自己也老了，却忽然发现，人生是一片空白，还是绝望。慌忙伸手想抓点什么，只能把孩子越抓越紧。

还好玛利亚爱上了摄影，即使还是面对忙不完的家庭琐事，但她的眼睛里有光，她时时刻刻都能发现和感受到美。这是谁也夺不走的，属于她自己的快乐。有了爱好，就有了精神支柱。即使她的丈夫驱赶上门来找她拍照的邻居，她也能镇定地说："下一个！"

现代女性早已步入职场，看似逃离了家庭琐事的束缚，却依然面临着相似的困境：每天忙不完的琐碎工作，以及越来越丧失激情的生活。我们永恒的困境，不在于我们到底是受困于家庭琐碎还是职场的琐碎，而是我们做的，总不是我们发自内心真正想做的事情，不是那一件能够点燃我们生命之光灵魂之火的事情。若人生没有热爱，便无法通过热爱点燃那一个真正的自己。

可其实，热爱是多么简单的事。对玛利亚来说，拍照不是职业不是身份，而是像喝水吃饭一样自然，离不开放不下。热爱也许无法为你带来财富或名利，但它充盈你的灵魂，强大你的内心。而且现在已经是网络时代，真正的热爱带来真正的擅长，最终变成养活自己的立身之本。

兴趣、工作、生活高度统一的人生，每一件事都发自内心去做的人生，才是有可能战胜世间一切琐碎的人生，不是吗？

人生最重要，也最难得的是有自己喜欢的东西。就像片中照相馆老板皮德森先生对玛利亚所说："你看到了一个难以言表的神秘世界，只要看一眼，再也无法把视线离开。你无法回头。"

手艺人般的踏实与专注，比梦想更重要

西西／文

在一个什么事情都可以通过网络解决的时代，可供发现、分享的事物越来越多，我们对一件事情的专注力就越来越差。吃顿饭都要发三条朋友圈，专注于食物的味道却变得越来越困难。但生活中需要专心的事情，又岂止吃饭这一件呢。

在《编舟记》这部电影里，主人公马缔光也与同事们却花了15年编一本词典。在一个大谈IP、大谈ABC轮融资的时代，15年编一本词典，这是人们想都不会去想的事，更别说干了，而马缔却干得无怨无悔，有声有色。

这是一个看似很老土的关于图书编辑的故事。玄武书房拟编纂收录现代词汇的词典《大渡海》，德高望重的老学者松本负责此项目，可他的左右手荒木却要辞职回家，性格浮躁的西冈又无法担此重任，他们只好找来社交值为零但对词语敏感做事认真的马缔……

编纂词典并非易事，编辑们开始大量收集词汇，看广告牌、在餐馆里面听年轻人讲话、整理其他词典里面的词条。有趣的是，马缔喜欢上了房东奶奶的孙女，松本老师就让他来做"恋"这个字的注解，搞得马缔有些窘。但他从切身体会出发，为"恋"字写下了"恋上一人，寤寐求之，辗转反侧，除此之外，万事皆空之态，两情相悦，何须羡仙"这样美的解释。

电影中有一个小细节让人印象深刻，就是松本、荒木、马缔都会随身带一个小本子，叫作"用例采集"本。遇到新鲜的词汇，或碰到另有新解释的老词语，都用笔记下来，作为编纂修订的资料库。生活与工作，工作与情感，相映相融，想必这就是"让喜欢的事情成为工作"的人生状态。还记得房东奶奶对马缔光也说："你这么年轻，就找到自己喜欢做的事，真是太幸福了。"是啊，真是太幸福了，一种令人羡慕的职人生活，穷其一生，做一件事。

在编纂词典的后期，校对人员发现收录的词汇有遗漏，但此时整本词典已完成三次校对。马缔从椅子上站起来，先给大家道歉，他说："有一个词漏掉就说明可能还有其他词漏掉。"然后让全体人员留宿赶工，将所有词条重新核对一遍，因为不能让有漏字的词典问世。

一遍遍核红、校对、修改，妻子放在旁边的面条都凉掉，看到眼睛模糊，写到铅笔只剩一小截。他不会表达，沉浸在文字的世界里，松田龙平饰演的马缔光也有着木讷般的可爱。

图书编辑给人的印象大概如此，呆板、不苟言笑、传统、保守并缺乏乐趣，他们对纸的手感有着近乎苛刻的要求，看稿翻页翻到指纹都磨掉……《大渡海》发布会那天，马缔望着松本老师的遗像发呆，对荒木说："我觉得15年很短。"15年，他把日子过得像编纂词典一样，为每个词找到注解的同时，也找到了人生的一个个出口，收获爱情、解决问题，日子平淡如水，又温暖人心。

我真的好羡慕他，把自己的心安放在某处，用手艺人的专注，一步步前行，与细微和平凡踏实相处，这样的人，不容易迷失，也更容易体味幸福，这比单纯拥有梦想来得接地气太多。

羊头：
工作的灵感来自于生活的热情

"因为做着自己喜欢的事情，所以心更自由，也更有责任感，很少迷茫，对未来充满了希望。一想到明天要做的事情，会很激动，盼望明天快点来临；一件重要的工作圆满落幕，也会很幸福，能够心满意足地睡去。"

蜜思　先向读者们打声招呼吧！

羊头　大家好，我是羊头，跨界花艺师，yangflora花艺工作室的创始人。一直致力于传播自然美学，近几年的主要精力会放在花艺创作上，除了个人创作，还面向普通受众开设了插花课。

蜜思　你从什么时候开始对花艺有兴趣的，又是在怎样的契机之下，开始确定要去做这件事情呢？

每个女孩都是生活家

羊头　　我从小就很喜欢花，前年偶然做了个插花小教程，受
　　　　到了大家的喜爱，就一发不可收拾，越玩儿越嗨了。
　　　　真正确定要做花艺工作室，是从去年开始，除了开设
　　　　插花课，还想做一些艺术项目和有趣的商业项目，想
　　　　把花艺作为一种表达自我的语言，也作为跨界的载
　　　　体，希望能探索更多的可能性。

蜜思　　在把喜欢的事情变成工作之前，你做了哪些准备工作？

羊头　　首先是修炼自己的技能吧。插花我是自学的，看了很
　　　　多花艺方面的书，也看哲学、美学、艺术方面的书，
　　　　也找了国外的视频跟着做，然后自己反复实验，多做
　　　　多练。我觉得更重要的是梳理自己的思路，为什么要
　　　　做，怎么做，独特性是什么，如何加强……可列出来
　　　　的东西非常多，需要整理和规划，拉出时间线，把初

心和阶段性目标都写下来，然后努力去做，不断调整。在这个过程中要做取舍，也要经得住诱惑，总之心里明明白白的，对未来也比较有信心。

蜜思　现在的工作可以养活自己吗？花了多长时间做到这一点的？

羊头　可以。开始做的时候就能养活自己了，哈哈。

蜜思　你日常的工作和生活状态是什么样的？

羊头　工作和生活渐渐融为一体，现在很享受这种状态，尽情热爱生活，然后把从生活体验中得到的灵感转化到创作中，在工作中认识的朋友也让我的生活发生着变化，这种循环很微妙。

我的每周工作都安排得满满的，插花课基本上都安排在周末，工作日我会留一两天休息，其余时间都在准备插花课，或者进行创作。现在接到的其他项目越来越多，一周休息的时间被压缩了，每天的工作时间也变得更长。通常早上起床会把一天要做的事情列出来，按事情的重要程度一项项完成，很多时候会同时处理几件事。因为工作室就在家里，所以三餐基本上都是自己做，但我只会做简餐，特别喜欢吃蔬菜和水果，最近在学做西餐。工作会一直持续到晚上9点左右，然后看看书，刷刷国外的网站，基本上12点左右才入睡。

蜜思　　可不可以详细说说你的一堂插花课，是什么样的准备过程呢？

羊头　虽然一节花艺兴趣班只是2个小时左右，但是需要准备的东西非常多，大概会占用一周，甚至是一两个月的时间，因为一个课程的主题设定和样品制作需要大量的时间和精力。

我非常喜欢创作的过程，每次选用不同的花器会带来不一样的体验，非常规花器难度很大，但是很有意思。比如以鞋为载体，用特殊的技法创作花艺。

研究植物不同的质感，通过经验选择花期更长或者可以干燥的花材，尝试更多的可能性，并在不同的背景中重新解读作品，展现出不同的气质，这些是我非常感兴趣的。

蜜思　<u>现在自由独立工作，跟上班时候比，最大的感受是什么？</u>

羊头　心更自由，也更有责任感，很少迷茫，对未来充满了希望。以前总有种替别人做事的感觉，遇到不喜欢的事情几乎都是硬着头皮做的，而现在喜欢就做，不喜欢可以拒绝，更清楚自己想要的是什么，对内心也越来越诚实，似乎也变得越来越任性了，但是却很开心。一想到明天要做的事情，会很激动，盼望明天快点来临；一件重要的工作圆满落幕，也会很幸福，能够心满意足地睡去。

蜜思　<u>将来有什么样的计划呢？</u>

羊头　希望自己在花艺方面越来越精进，会去国外跟喜欢的花艺大师学习，不断完善自己的花艺理念。另一方面，想和各个领域进行融合，通过花艺进行跨界，探索更多的可能性。总之就是，边学边分享，汲取能量的同时多给予，不设限，不畏惧，给未来一个大大的有力的拥抱。

第2章

文艺也是一种生活

书店的灯光，照亮你回家的路

蔚蔚 ＼ 文

在万圣的书架上随手翻开刘易斯的《书店的灯光》，郑愁予的诗句映入眼帘——"是谁传下这诗人的行业，黄昏里挂起一盏灯"——可巧，它也被印刻在万圣书园的墙上。人们常常用它来比喻书店业，黄昏里挂起一盏明灯，再恰当不过。

也许因为和这句诗的不期而遇，使我不由地关注起书店的灯来。自2013年8月起，穿行于北京的各家书店，我发现灯的丰富性丝毫不逊色于各类藏书。

顺着万圣书园的碗形灯望去，《清明上河图》展于收银台上方；"库布里克"丰硕的果实灯，照亮MOMA香河里幽静的"书籍森林"；而"老书虫"的灯更像"记忆的发光体"，倘若窝在沙发里仰望老书虫整个橘红色幔帐铺就的屋顶，细数着悬于空中如试管一般晶莹的发光体，仿佛有一种回到哈利·波特的魔法学院的既视感。

还有"墨盒子"书店里充满童趣的气球灯；"三味书屋"古

"是谁传下这诗人的行业，
　黄昏里挂起一盏灯。"

色古香的网式古灯；最好玩的，要属在"字里行间"书店发现的书灯，既是书，又是灯。喜上眉梢，名字亦好。

心下不由感叹，原来"书店的灯光"不仅仅是刘易斯笔下的书名，真实书店里的灯也是如此之美，如此具有创造力呀！而灯远远不只是灯，它的背后还有着令人动容的故事。

"豆瓣书店"里，店主卿松告诉我，在那间昏黄灯光的小仓库里，曾经有读者主动前来帮忙拆包上架，灯光温暖的不只是小屋，温暖的还有爱书人的心。

"雨枫书馆"，偶然路过，只见那盏漂亮的风铃灯下，穿着碎花小衣的女孩依偎在妈妈身边，母女共读的画面一直深深地映在我的脑海里，也许，这就是"雨枫"的内在力量。

古籍上说，灯源于豆，瓦豆谓之登。

是的，灯源于豆，微小却有生命力。书店里的灯光，不仅仅是场所的照明物或装饰品，它似乎更是一种精神的象征。

依稀记得那个下午，走到雨枫的紫色沙发旁，简洁的立式台灯上有秀丽的书法，细读来，是Emily Dickinson的*Hope is the thing with Feather*：

希望是生着羽翼的精灵，
于灵魂深处幽息，
哼着无言的调子，
永不停息。
微风吹送最为甘甜，

暴雨致痛无疑，

能够使得小鸟不安，

却保有此多暖意。

我听它飞遍严寒田地，

听它越过奇妙大海，

可它不要我面包屑，

哪怕饥饿至极。

我不知是哪一位"书女"留下的感悟，但这份对希望的执着，却又无声地宽慰着每一位停留在此的读者，也包括，我。

书写于灯罩上的只言片语，是意外的惊喜。它似乎是除了留言本之外，读者与"未来读者"之间交流的另一种时空隧道，想起另一句深得我心的句子，与它相遇在北京三联书店三楼的"雕刻时光咖啡馆"——

愿你被很多人爱，如果没有，愿你在寂寞中学会宽容。

读到这个句子的当下，心里像被什么东西撞了一下，不痛，但不知为何，差点落下泪来。

如何与自己的孤独感相处，是我"漂荡"在一家又一家书店间不可避免的感受，也许它也是生而为人一生都要学习的课题。书店，既是书的栖息地，也更像广大孤独者灵魂的聚集地，每一位作者寻找灵魂上的知音，每一位读者也在寻

每个女孩都是生活家

找精神上的知己。逛书店的最大的好处，就是无论此时此刻身在何地，翻开书店里的某一页，寻见另一个灵魂，默默地与之聊聊天。

无论是一个人在灯下慢读，在喧嚣中学会"闲敲棋子落灯花"，还是邀上三两知己"共剪西窗烛"，畅话"巴山夜雨"，在书店温馨的灯光下，照亮的何止是书店一隅，照亮的也是彼此坦诚的心。某些时候，书店的灯光，更像一个暗号，你明白，这世间，不止你一个人孤独，而孤独，也未必是件不好的事。使孤独变得不好，是因为你害怕孤独。

走出万圣，再回身看那书店的灯光，看它慢慢地隐匿在万家灯火中，我总觉得，来自书店的灯光比其他的灯光更美。也许是因为，你知道万家灯火中，有一盏灯为你而亮，那就是家，而书店就是爱书人的家，爱书人精神的家园。

你知道的，万家灯火中，有一家书店，为你守候，为你在黄昏里挂起一盏明灯。

把桌布铺好，再买一束鲜花

文 / yoyo

我很喜欢去朋友家做客，除了可以面对面、安静放松地聊天，还可以看看她的家被布置成了什么样子。房间里的陈设，总是真实且不露声色地表露着一个人的内心世界。

因为身处北京，刚开始工作那几年里，周围的朋友们大多都是自己租房住。但即便住在临时的房间里，随时有搬家的可能，也并非人人都只当它是个"容身之所"。

我有个好朋友，爱听摇滚，性格激烈，说话时总爱愤愤不平，但是她的家却是我身边朋友里布置得最花心思、最舒服的一个。她租住在一个老小区的顶层，上个世纪末的过时装修，空间也并不大，可她却在2012年"世界末日"那天晚上，邀请了二三十个朋友，在家里办了一场盛大party。

还未敲开门，笑声、音乐声已经从门缝钻了出来；门边为客人准备了各色袜套，大衣帽子堆放成一座小山，发着光的圣诞树在背景音乐里一闪一烁；沙发垫被挪到茶几周围，客厅的沙发、垫子上围坐着一圈人；与客厅连着的开放式厨房变成了自行取用的冷餐区，朋友们带来的红酒、巧克力、蛋糕、水果都摆到这里。

往里走是她的卧室，装了近十人，却在巧妙区分的空间里各成一团。进门处用大书架隔开了半独立沙发区，亮着暖色的落地灯；床与书桌之间则铺着地毯，可随意盘坐；阳台上的摇椅，和暗夜里的绿植呼应，那里坐着窃窃私语的情侣。那天晚上，陆续有人进来，也不断有人离开，六十多平方米的房子里同时承载着二十多人，每个人都可以游刃自如地穿梭到不同的小圈子里，热闹却不凌乱，那场面像极了《蒂凡尼的早餐》里的舞会，或是美剧里的公寓大趴。直至第二日太阳升起，大家方才意兴阑珊，散场而去。

我总觉得，一个能把家布置得很好的人，生活一定也过得有滋有味。只是独立生活这件事，跟空间布置一样，对于过了十几年集体生活的我而言，总有点赶鸭子上架。不管是兄弟姐妹的大家庭还是叽叽喳喳的学校宿舍，在集体生活中浸泡了太久的我，从不曾学习过任何独立生活的技能。

开始工作的第一年，我去西藏做采访，认识了一位年纪大我很多的姐姐。她在西藏做生意，离婚独身也没有固定居所。她说，不管住哪儿，哪怕是酒店，只要拿出好看的布把桌子一铺，买束花，插在矿泉水瓶也好，就有了安定的感觉。她戴了一副绿松石的耳坠，不紧不慢说着话时，那点墨绿便在头发里一晃一晃的。言语举止间那股不慌不忙的从容，真让我着迷。

我从西藏带回来一对绿松石的耳坠，珍藏在首饰盒里。她的那句话，为我昏暗的独身生活凿开了一个洞，洞里透出光来。没错，一个人也可以好好地生活。我开始学习做饭，学习布置房间，学习安排没有约会的独处时光。好像也不需要刻意学习什么方法，一旦有了"认真生活"的念头，自然而然就知道怎么去做。

比如，收集好看的明信片，在书桌前DIY一片自己风格的墙壁，一抬头就能看见；比如，在床头放一盏柔和的台灯，给自己一段安静阅读的时光；比如，加班晚归的深夜煮一碗泡面，不只是敷衍，运用冰箱里剩下的食材，就能让口感和营养全面提升。

当这些小小的美好的事物，充满日常的生活，忽然觉得，心情也变得明朗起来。原来通往幸福的路径如此简单，不过就是，一个人也好好生活罢了。

睡觉前，为自己抄一首诗

彭浪／文

朋友圈里流行各种打卡。有人是跑步打卡，有人是写作打卡，有个朋友则在坚持抄写诗歌。看到她发的图片，我才意识到自己很多年没怎么认真拿过笔了。写东西都用电脑，至于抄写，更成了旧时代的美德，被遗忘得干干净净。

但我对抄写，是有过复杂的情感纠葛的。童年时电脑还没普及，抄写这种行为所代表的勤奋、坚韧和细致，总是被老师大力倡导。我甚至记得有篇课文就叫《小抄写员》。于是，我们的作业总是各种抄生词，抄试题，抄三遍，再五遍。少年心性的我，颇为抵触这种教条、刻板的教育。我曾尝试过一手拿两支笔写字，这样一下笔就有两行，用来应付那些总是做不完的作业。

除了作业抄字词，小学的时候，还几乎人手一个摘抄本。起初也是听从老师的要求，看到名人名言、好词好句，就会很听话地抄下来。到了写作文的时候用上，总能成为加分项。

慢慢地，这个本子有人用来抄歌词，我却喜欢抄诗。唐诗宋词、外国诗，抑或现代诗都没关系，我喜欢那些美丽的句子。一到早自习，无论别人在读语文还是英语，我都只想一遍遍诵读本子里的那些诗句。

想来，我不是不爱抄写。只是无趣的语言，抄写自然无趣。如果是美丽的语言，那么，经过一字字一句句的抄写和诵读，反而越发真切地读进心里。

甚至更远一点的过去，还流传着一种手抄本小说，因为热爱，因为不可得，那些文字就靠着一遍遍的抄写而传播开来。

后来，电脑普及了，复印、打印都很方便了，现代化的办公手段下，写字的人逐渐少了。当我们喜欢一句话的时候，也许是收藏一个网址，也许直接ctrl+c复制然后ctrl+v粘贴在微博里、微信里，当我们想不起一句话的时候，也不再是打开摘抄本翻找，而是直接百度搜索。

电影《乘着光影旅行》里有一句话："时间赋予了生命意义，你把时间放在怎样的地方，就得到什么样的生命。"为什么我们的时间看起来多了，生命的体验却越来越浅了，便是如此道理吧。没有经由一字字一句句的辛勤劳动，直接得来的结果，怎能带给你丰富而细腻的感触？

我不知道现在的小学生们是否还有抄写的作业，也许比起过去的重复和教条，他们已经迎来了更富创造力的教育方式。但抄写中的细致、坚韧和花时间等待，却仍然是我们需要的。我记得有次听朋友说起，她的小孩在幼儿园有学习速读的课程，要求孩子们快速提取一段文字中的信息。只是不知道，幼

我是这样读一本书的

任何事，都必须经由学习、学会，
认为「一望而易见」、「一看就懂」、「没什么」，
实则贻误自身不知多少年呀！

看书，这是第一遍。
在书上勾勒精要，这是第二遍。
将书中精华抄到本子上，这是第三遍了。
再将精华的精华抄到总目录上，这又是第四遍。

这么下来，跟你随便翻书的效果肯定不一样。
并且，你记下的那东西，会不停琢磨，经常拿
与人讨论。0……

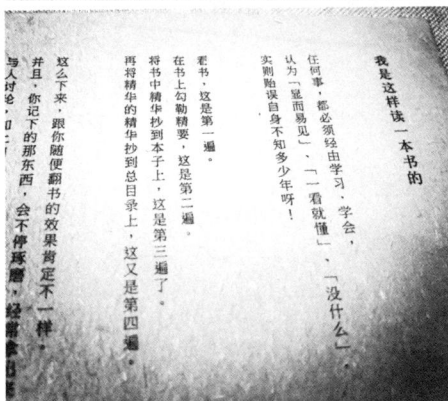

我喜欢美丽的语言，一字字一句句的抄写和诵读，
会越发真切地刻进心里。

儿园是否还有慢读、摘抄的课程，可以让孩子们体会文字里的"小心思"？

有一位我很尊敬的老先生沈继光老师，他说他是这样读书的："看书，这是第一遍。在书上勾勒精要，这是第二遍。将书中精华抄到本子上，这是第三遍了。再将精华的精华抄到总目录上，这又是第四遍。这么下来，跟你随便翻书的效果肯定不一样。并且，你记下的那东西，会不停琢磨，经常拿出来，与人讨论，加上自己的悟解，用自己的话表达出来，这是第五遍了。"

一个人花的所有时间，一定都会长回你的身上。

她是孙燕姿，她陪我走过十年

西西／文

那是2001年，我第一次看到一个女孩子这样唱歌，短头发、白T恤、牛仔裤、一架钢琴，她唱："我爱上让我奋不顾身的一个人，我以为那就是我所追求的世界。"在当年还不那么流行文艺小清新的乐坛，孙燕姿就像一个不懂事的孩子，带着没有丝毫雕琢的莽撞，走进复杂多变的娱乐圈，走进我心里，一住十年。

我对孙燕姿的最初印象就是"不做作"，任何时间，任何场合，她都可以穿上牛仔裤、白T恤出现，简单的短发，毫无顾忌地大笑，露出牙龈，一脸灿烂，随后认真唱："我还不清楚，怎样的速度，符合这世界，变化的脚步。"这是我期待成为的样子：对外界和善真实，对自己坦白笃定。

十几岁的我，成绩一般，口才一般，样貌一般，性格内向，表面是乖学生，骨子里却很反感老师父母对自己的评价：勤奋、努力、老实。我一直觉得这些词语背后真实的意思应该是：不聪明、懦弱、胆怯、没安全感。

二十出头的孙燕姿，肆无忌惮地喊着要逃亡，伴着山巅的风声：我想是偶尔难免沮丧，想离开，想躲起来，心里的期待，总是填不满。相信自己能让自己发光，一下让我内心震颤。是啊，我也好想离开这个地方，告别"刻意逢迎父母老师，渴望赞美，但又恨透了自己的胆怯与假装"这种纠结无奈的内在矛盾。

后来，我去外地读大学，随后又在外地工作，我相信"幸福，我要的幸福，没有束缚，在不远处"。五年前，我在国有单位，收入不错，父母满意，工作简单重复，但不愿十年后的自己还这样过活，于是选择离开。心里只有一个念头：把梦想找到，要过得更好。

在来北京的飞机上，我心里想，五年前孙燕姿说要离开乐坛，应该也是这样的心情吧，重复高频率地发片，慢慢就忘记了最初的自我需要，觉得累，"这一刻回头看见自己，这一路的风景，百感交集的我，下一刻又将飞向哪里？"离开得干脆，但面对未知的城市和爱情，仍然手足无措。

离开家念大学是不想被父母和师长束缚，离开一份工作是不想被重复单调的工作本身束缚，但孙燕姿口中那个"我会找到自由"的"自由"是什么，我不知道。

这几年，跌跌撞撞地在出版这个小圈子里混，但我个性软弱，没有冲劲，自然也没什么成绩。总是想着逃避，总是走在边缘，像又回到中学时候自我纠结的状态。我曾以为离开一个地方，似乎就有了重新开始的机会，隐藏着的却是对过去和自己的漠视以及不信任，其实重新开始永远不可能，因为我们总是站在已发生过的"废墟"上，再出发的。

这几年，孙燕姿也不像早年那样频繁发片，她练瑜伽，做服装设计，平平淡淡从恋爱到结婚到生小孩。

2011年，《是时候》在北京签售，我排了一下午的队，终于见到了她，她平静地对每一个歌迷笑，我心里却很难过，孙燕姿老了，她留着长发，穿着高跟鞋，眼角有了皱纹，她不再是穿着牛仔裤、白T恤，留着短发的孙燕姿了，我的青春岁月也随之消散。

终于，遇见一些人，能够一直在一起，做一些事，剥掉梦想、理想这些表面光鲜的词汇，我们不过希望生活好一些，快乐一些，有些思考，有些收获，能做些觉得有价值的事情。感谢蜜思，她让我看到自己的所有问题，更重要的是，她让我不再回避这些问题。

现在很少听孙燕姿了，我发现最初喜欢她，除却那些小情小爱，更多是因为那颗追求自由、倔强着挣脱束缚的初心，可能任何人，即使看上去再怯懦，都有个倔强的灵魂吧。而成长的经历告诉我，根本没有什么自由，也没有什么束缚，一切只在于自己的选择，而选择，在于勇气的坚固。我不知道已为人母的孙燕姿，是不是也这样认为。

不过，偶尔，我还是会在耳边放《天黑黑》，"我走在每天必须面对的分岔路，我怀念过去单纯美好的小幸福"，嗯，是该偶尔停下来，看看自己出发的地方，才不会因为走得太远而忘记为什么要出发。

我想每个人年轻的时候，都会有一个歌手，陪你走过那些睡不着的夜晚。流着泪的时候耳朵里面那个声音，让你感觉温暖，看到希望，鼓起勇气。可能青春会走，人会变老，并且不再容易伤感，开始反感矫情。但会不会因为想起那一年，在校园里哼起谁的歌，鼻子也会一酸呢？

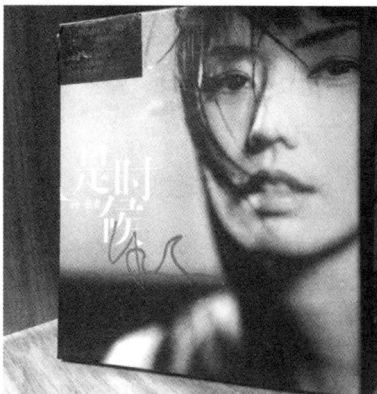

听一首青春的歌，
大声说
我还年轻

南静／文

又到周五的夜晚，没有特别的演出要看时，时常会请出自己的老朋友：

高中时喜欢的人给的盗版带；被喜欢的人音乐启蒙时攒两周的零用钱第一次买的正版磁带；大学时淘大四跳蚤街的94红磡VCD；花奖学金去看演唱会时留存的入场券；潍坊小店淘的Pink Floyd的the wall；朋友送的港版《弦续》；Skid Row；2005年去迷笛时留的小册子……

细细摆弄、擦拭，微笑着回忆它们背后的故事，以及那时的自己。

直到今年生完孩子，我依然觉得自己还很小，我还很年轻，我还没玩儿够。可是那些整夜刷一张碟的日子已经一去不复返了，音乐群变成了哈拉群，只有偶尔的一天，大家共同谈起一首歌、某个人、某件事，好久好久，才纷纷说：今晚要回去好好刷碟了。

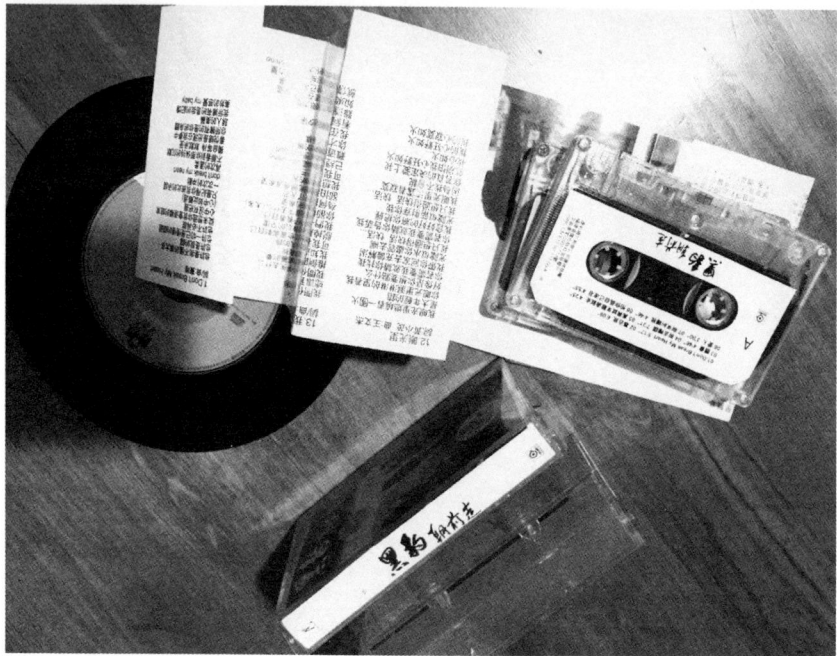

我们喜欢的摇滚歌手，纷纷活不过27岁，
他们活在永不腐朽的青春里。

那时候我们听不懂*imagine*，可是我们都听得懂*18 and life*：Ricky 18岁已经杀了人，他被判无期徒刑。龙舌兰融入血液，冲动付出代价，这是暴躁的青春。我们喜欢的摇滚歌手，纷纷活不过27岁。他们活在永不腐朽的青春里。

《致青春》的原著里并没有Suede这一出，但是*so young*响起，当时看电影的我还是笑了；搂着男人看伦敦奥运会，*creep*的前奏起来时，没控制住一愣；看了一次次Suede的演出，特别短特别快，再来还会心甘情愿被圈钱；极其理解Metallica来一次上海票价翻高十倍还被抢……对于钟爱过这些的人来说，那不仅仅是一次演唱会，更是自己青春的见证。

前些日子，朋友用微信发来一个链接，说听着这个的时候心里有点儿难受。那是属于我们欢乐记忆的曲子。曲子依然那么好听，我们已经很久不见。那些一起玩过的朋友们，散开以后的你们，现在还开心吗？

《川》——空中狂欢节乐队

流水一样孤寂的声音。第一次听《川》的时候，纪元刚组乐队没多久，2005年在"无名高地"现场听到这首曲子的人，我想一定和我一样震撼。后来与纪元聊起这首曲子，他讲是因为纪念姥姥，年轻的时候飞扬跳脱不懂事，姥姥很疼爱他。后来姥姥去世了，他特别作了这首曲子来纪念。

很长一段时间，电脑里一直单曲循环这首曲子，一听就特别特别难过。很多人都有自己特别亲的亲人，所谓"子欲养而亲不待"，这种还没陪伴就已失去的感受，可能只有一个人在外面独自闯荡，才能感受得更清楚明白。

《张开冰冷的双臂跳跃》——低苦艾乐队

那几年我生活在天通苑与清河，离歌里唱的霍营不远，那时候，霍营也是北京各个摇滚乐队聚集的地方。朋友们住在天通苑，夏天的每个周五晚上，我跳上323去看她们，公交车有点儿脏的玻璃隔着外面闷热的空气，带去烟酒烤串逃跑计划，一起悲伤分裂。低苦艾来自兰州，主唱刘堃做派低调，今年他们还发了新片。这一切，真好。

《贤良》——苏阳乐队

这是我的KTV歌，像别人一去KTV就翻《月亮之上》的牌子一样每次都临幸它。宁夏乐队的歌和那个地方一样，充满了大西北的味道，让我们这些从来没有去过西北的人，总是无限向往。一样的歌，不同的心情听出不同的味道，有的人说它讽刺了虚假的社会，我们听也只是蹦蹦跳跳地听来欢乐的。其实不管外在世界如何，内心有坚定，便不是随便什么就可以击倒的。

《九月》——周云蓬

韩寒在博客链接上放了好久周云蓬的《九月》，周云蓬愈加火了起来。介绍起周云蓬，都是诗人、歌手，最具人文精神的中国民谣音乐代表。他是中国民谣的一个符号，在我心里的印象，大约还是在无名高地低低弹唱偶尔打趣房价的絮絮叨叨的大叔。这首以海子的诗《九月》为歌词的歌，总让我想起在内蒙古住的那几年。"只身打马过草原"，在外面这些年渐渐变得浮躁了，有机会还是要一个人去草原住一段时间。

《逝去的盒子》——渡鸦乐队

"毅然着无聊的等待，才明白这样为了谁，放弃了选择的机会……它伤悲，逝去的收不回。"无论一个人最后是否幸福，是否结婚生子，他心中可能永远都有一个秘密的盒子，每日里平平淡淡，父慈子孝，一掀开全是收不住的回忆。好久没有渡鸦的消息了，我的蔬菜粥已经学会，我的游泳减肥计划已经开始，意紫和小溪，你们还一如既往地很好吧？那些"你们找不到我"的孩子，还在路上哭着吗？

程璧：
音乐不是最重要的事，
感受生活的美才是

"小时候我和奶奶生活在北方一个小院子里，院子里
种满花花草草，她是一位非常诗情画意的人，会带着
我去感受，比如说春天有一颗种子萌芽了，到了夏
天，雨水落下来，青豆角上全是雨水，然后摘回来洗
干净做成蒸饺。"

蜜思　　先向读者们打声招呼吧。

程璧　　我是程璧，目前以自己的工作室的形式在做独立音
　　　　乐，发表过四张专辑：2012年的《晴日共剪窗》、
　　　　2014年的《诗遇上歌》、2015年的《我想和你虚度时
　　　　光》、2016年的《早生的铃虫》。我希望我的音乐可以
　　　　没有局限，永远是一个在生长的样子。

蜜思　　你的音乐创作灵感通常来源于哪儿呢？它们一般会怎
　　　　么出现？

程璧　　来自生活。一些感受，突然的瞬间想到什么，我都会
　　　　捕捉下来。比如读到一首诗非常有共鸣，就会尝试着
　　　　去谱曲。比如在练习某一个和弦的时候，突然顺着这
　　　　个和弦可以哼出舒服的旋律，我就会用语音备忘录记
　　　　录下来，以后慢慢去完整。

蜜思　　那你日常的工作和生活状态是怎样的呢？

程璧　　我的生活节奏是按照整年来区分的。大致上，三个月
　　　　时间是创作阶段，三个月时间是制作以及宣传阶段，
　　　　三个月时间是演出阶段，三个月时间是休整阶段。在
　　　　创作和休整阶段，是比较自由散漫的，每天练声、读
　　　　书、看电影、照顾植物、运动，慢下来生活。而到了

制作宣传以及演出阶段，是非常高效和忙碌的，会跟
乐手以及团队一起，配合整体的进程。

蜜思　　你曾经说起过你对美的启蒙是来自于童年与奶奶生活
　　　　的日子，能具体说说这段经历吗?

程璧　　最早我对于自然、艺术、诗歌所有的启蒙都来自于我
　　　　的奶奶。在我四岁的时候跟着她，那时候我生活在北
　　　　方一个小院子里，院子里种满花花草草，她是一位非
　　　　常诗情画意的人，会带着我去感受，比如说春天有一

颗种子萌芽了，到了夏天，雨水落下来，青豆角上全是雨水，然后摘回来洗干净做成蒸饺。这种很细微、很生活的东西，她都会让我很仔细地感受。同时她会带我去读唐诗宋词，所以后来我学会了认字，学会了写字，也开始自己尝试创作。十几岁写了一首很简单的小诗，就是写的跟她一起的生活。"庭前花木满，院外小径芳，四时常相往，晴日共剪窗。"这是小时候的记忆，在我十几岁的时候把它们写成了一首简单的小诗。

蜜思 　<u>这些成长的经历，也构成了你的审美风格，影响着你</u>
　　　　<u>的音乐作品吗？</u>

程璧 　我最近经常想到一句话。那是我春天的时候去到东京
　　　　新宿御苑，看到一棵老树，老树上面布满了青苔，但
　　　　是它旁边是湍湍的溪流，我就突然想到："青苔静默，
　　　　溪流湍湍。"这是一个很对比的意象，青苔是非常静
　　　　的、不变的、固定的东西，但是它旁边的溪流是一直
　　　　在流动的、活跃的、改变的。这样一动一静的意象，
　　　　这种美的两个层面的对比，经常出现在我们的生活
　　　　里。比如说太阳和月亮。我是月亮派，因为我喜欢温
　　　　柔的月光，当然我也喜欢太阳的那种能量感。但是在
　　　　艺术里面，我愿意去表现更内敛、更温柔的东西。我
　　　　自己的审美体系可能是属于我说的后者，就是与其展
　　　　露那些更张扬的、华丽的、繁复的美，我更愿意表现
　　　　含蓄、内敛、留白的美。

蜜思　　对你而言，音乐是生活中最重要的事吗？

程璧　　音乐不是最重要的事，最重要的是感受当下，抓住生
　　　　活里的"美"，用不同的方式表达出来，比如写作，比
　　　　如摄影，比如画画，而不仅仅是音乐。

　　　　但音乐对于普通人的生活还是很重要的。日常生活
　　　　里，作为一个普通人的我，会感觉需要被音乐滋养。
　　　　好的音乐会陪伴着你。

蜜思　　除了音乐，你还有哪些其他的爱好，或是一直坚持的
　　　　习惯？

程璧　　阅读，拍照，旅行。

蜜思　　你在东京和北京两个城市生活时，会有哪些很不一样
　　　　的感受？

程璧　　北京是快节奏的工作状态，东京是放松和积累的生活状态。北京整体氛围很热闹，欣欣向荣，而东京已经比较沉下来，平和一些。在音乐创作上，去到日本也让我收获不小。小时候听歌，大多数是关于爱情、理想、梦想，一些比较宏大的命题，但是当我听到东京的独立音乐人的歌，他们更关注日常细微生活，这种创作思路是我喜欢的，也启发了我。

蜜思　　你对将来有什么样的计划呢？

程璧　　有写作的计划，以及每年可以创作完成一张新的音乐专辑，去各个地方做几场音乐会。

第*3*章

唯有美食
不可辜负

工作再忙，绝不敷衍每一顿饭

西西／文

借用一句谚语"you are what you eat"，如何对待一日三餐，才真正看得出一个人过生活的力道。

可"吃"是多小的一件事啊，单从吃什么来定义某个人，是否片面了些呢？可你想，那些所谓能令人变得幸福的事情，金榜题名、升职加薪、婚姻幸福、儿孙满堂，等等等等，你看，哪一件，都不仅仅是靠自己就可全部实现的，都需要外在的机遇、他人的协助。看上去，倒只有做饭这件事，从挑选食材，洗菜切菜，烹饪摆盘，每一步，完完全全都可由自己决定。心情好，就格外美味，心情差，口感就略逊一筹，而这一切，决定权都在你自己。

记得台湾杂志《小日子》上刊登过一篇叶怡兰的文章《工作再忙，绝不敷衍当日的每一顿饭》，她说：食物，是每日生活里，最是轻易垂首能及、能得到的"小确幸"——小小而确定的幸福。稍微用点心，味蕾上得着些许甘美，常能换得数小

时甚至一整天的愉悦，更能精力神气满满面对接下来的种种挑战。更重要的是，我们如此努力，为的不就是吃好过好活好，如此，何不从眼前这一顿开始？

没错，日常生活忙碌不堪，哪有时间、精力日日给自己做饭？路边的小食店、叫不完的外卖、丰富的方便食品，日渐成为解决这一问题的方案。可他们真的是唯一选项吗？在叶怡兰那篇文章里，她提到很多自己做饭的方便法门：隔夜存放还能更好吃的炖菜或是咖喱，可以一次多做些，分装冷冻起来；趁闲暇熬一整锅高汤，分装后急冻，一次拿一袋出来煮蔬菜吃；米饭也一次多做些，分开冷冻，微波解冻后随意配些材料就能做成盖饭、泡饭、炒饭。

这些，很难吗？做不做饭，怎么吃，表面看是人对食物的态度，但我可以说怎么吃，就是怎么对待自己吗？

叶怡兰说到的咖喱我常做，真是方便的首选，冰箱里剩余

的蔬菜，用咖喱煮好下米饭，热乎乎的，吃起来好幸福；前一天煮的汤，第二天早上用来煮剩下的米饭，或者下一碗面条，都是不错的早餐选择；另外，我还喜欢在冰箱里准备一包味噌酱，加各种食材煮一锅味噌汤，再炒个鸡蛋，也是能轻松拿下的早晚餐好提案。晚上回到家，你也可以选择：炒个简单的香菇饭；用不多的食材混搭来个蛋包饭；随手掰些青菜只放油盐清炒，再配一碗米饭；准备一大锅卤水用小火烹制肉类，分类放冰箱，可以一连吃上好几天……皆是不需要太多时间便可获得饱腹感的方式。有空的时候，不妨都试一试。

前一段时间，家人因患十二指肠溃疡住院，我在不大的病房守床四天，不免注意到这空间里的其他病人：18岁的高三学生，因为胃出血入院；20岁的年轻小伙十二指肠出血导致呕血入院。究其原因，大多是吃饭不规律、晚餐进食过多导致。吃饭这件不过尔尔的小事，也能酿成大事。

话说回来，你吃什么，怎么吃，终究定义不了你的全部人生。而生活，除却生死，又有什么不得了的大事呢，不都是一件件小事的选择，累积起此时此刻的自己吗？

所以你是谁呢？是烹饪不止、大快朵颐的"好吃狗"，还是忙碌不堪、分秒必争的工作狂？当然，你还可选择自己是谁。是爱上自己、因小见大的生活者，或是脚步不止、活在别处的追梦人？有人对待一顿饭即可全心全意，更别提其他，有的人永远只看到某一件事，因此丢掉更大的美好，这件事，无对无错，只在选择。

每一种食材，都会遇到命中注定的油

西西／文

当我们说起做饭的时候，我们在谈论什么呢？食材、烹饪方式、锅具，或是心情、时间、诚意？

厨房发生的故事有很多，一道火候不够的菜，一味仅仅需要多点时间的汤，瓶瓶罐罐的整理术……在我看来，那些不起眼的调料最是可爱。比如油，混合油、玉米油、橄榄油、花生油，每一种油与食材的结合，都是一幕独一无二的剧情，甚至是，一场不可重复的恋爱。

春暖花开的时节，遍地金黄的油菜花，每一株都小小的，黄得透亮，可以绚烂至此，真是不可思议。由此而来的菜籽油也格外香，并且透出一脑儿的倔强、浓烈和烟火气。第一次认真闻它，是在第一次做饭时，火候还不够它发出可以倒菜的冒烟信号——从小家里人就那么炒菜，也没觉得不营养，似乎只有油烧热至此，才能得到一口家常的味道——竟发现，它并不如平常那样火爆，那香气深远悠长，可以直抵胃腹，立马就有吃饱喝够的满足感，我就这样爱上了它。

在我尝试过各种油之后，仍觉得只有菜籽油和"红烧"这个招式最为搭调。红烧源自哪位江湖大侠难以说清，不过，就"红烧"这两个字，就透出一股豪迈无惧的个性，而往往，红烧的菜都是硬货，自然是马虎不得，当葱姜蒜干辣椒花椒齐上阵的时候，菜籽油会用最快的速度呈现以上几种调料的香气，与此同时，它自身的口感并未被遮盖，反而更为浓烈。如此大气的菜籽油，才配得上"红烧"二字的热血和力量啊！我尤其爱用菜籽油烧鲫鱼，竟做出了妈妈的味道，真是要感动得流泪的味道。

菜籽油的家乡味固然是好，不过当自己陷入"食××无味"的状态时，菜籽油便显得过于张扬。一盘清爽的青菜，炒出来一股烟火味，恐怕会让盼望清淡的味蕾反抗吧。此时，花生油、芥花油便是最佳朋友了。芥花油更佳，它刚好与菜籽油分庭抗礼，就是最不油，即便是手抖倒了些，一盘青菜还是温和爽口的。至于花生油嘛，可用"浓香四溢"四字概括，那香气有时候让人滋生有如闻到甜品般的幸福感，尽管诸多美食达人不建议用花生油来做戚风蛋糕，只因它自身味道太浓，不过我亲自试验，认为尚可接受，并没有喧宾夺主。花生油口感特别，它的搭配性实际上很高：做红烧，不会错；炸鱼条，也够味；炒青菜，能做到清爽可口。哪怕它并没有让人惊艳，但正如不是所有人都如菜籽油般肆意豪爽，那就让花生油做很包容的花生油吧，也很好。

有人做过一个试验，把ABCD四种食用油倒入锅中加热，只有一种油在加热过程中燃了起来，这种油就是橄榄油。所以用橄榄油做菜，一定要冷锅下油倒菜。橄榄油贵，因为营养跟价钱常常成正比，它不含饱和脂肪酸，可避免血脂升高，适合大部分人食用。某天，当家里的常用油一滴不剩时，我用橄榄油炒了一盘简单的紫甘蓝，既保留了紫甘蓝的口感，又有淡淡的橄榄香气，也算是小小地惊艳了一把。

记得小时候，每隔一段时间，妈妈就会带我去市场买一堆肥猪肉回来熬猪油，而家乡话带着上扬尾音的那个"熬"字，有种昂扬向上的生活况味，那是不可替代的儿时记忆。在"熬"猪油的漫长时间里，锅里一点一点渗出的带着炉灶味的香气，竟成为记忆中一种对"踏实"的感知。常常是家里大人，围着沾着一点厨房油污的围裙，用奶奶那把油亮的锅铲轻轻翻着猪油，而几个小时候后得出的油渣，是小孩子最爱的零嘴，拌上白糖吃，酥脆，可以开心一整天。猪油，虽然不宜吃太多，但用它做花菜五花肉，是这世上无可替代的味道。

简简单单的油啊，在做菜的人将它倒入锅中那一刻，这道菜的基调就无法更改了，就像穿衣的打底衫，艺术家画作的底色，人最本质的模样。好在油不是只有一种，而时间给予我们不止一次的机会，在年年月月的练习中，烹饪的人总会察觉出与某种食材最匹配的油。每一个人，也都会找到适合自己的生存之道。

厨房里的数学家，与零碎食材大作战

西四／文

有人说：厨房是母亲的乳房、恋人的双手、宇宙的中心，说得荡气回肠、波澜壮阔。在我看来，厨房是哲学家的花园、数学家的操场以及洁癖患者的舞台。没有比一个人在厨房做饭思考人生更赞的时机，一刀一勺间都是道不尽的生命真谛；没有比案台和烹饪组合更适合演练头脑逻辑，淘洗翻炒间，犹如太极般推拿迂回；没有比烟机灶具更看出一个人的洁癖程度。如此，这句话居然可以印证第一句，嗯，厨房果真是宇宙中心啊！所以当一个人窝在家里不出门时，厨房绝对可以算是一个江湖，你信吗？

一个星期疲惫不堪的工作之后、毫无负担的一天，随心所欲、肆意睡觉又醒来的一天，与外面的世界说再见、静静跟自己相处的一天，就是完美的一天。但这又是不想被出门和下楼破坏的一天，不知道吃什么很容易就错过饭点的一天，冰箱里只剩下可怜的两个土豆的一天，是会让人觉得特别不圆满的一天。不过，好在厨房是数学家的操场，不想动腿的日子，只有疯狂地动脑子了。

当冰箱只剩两个土豆的时候，家里往往还有其他的一些东西，这基本成为一条铁律。比如：橱柜里开了封还没有吃完的干粉丝，不起眼角落里相依为命的两只鸡蛋，某个塞得乱七八糟的抽屉里有一小包孤单的干木耳和干香菇，还有微波炉上两根泄了气的青椒。没错，数学家的任务，就是将这些有限的容易被忽略的数字进行无限可能的排列组合，然后让它焕发完美公式的夺目光彩。

土豆本身即是一个完美的数字，它的功能本就足够耀眼：土豆丝放两三粒花椒，大火快炒，清脆可口，下饭佳品；土豆片加姜丝，中火加少量水，绵软有力，担纲主食尽职尽责；大火蒸熟搅成泥，浇上果酱色彩好，甜品的不二之选。土豆加鸡蛋，即可得到一个简单却漂亮的公式——鸡蛋土豆饼，请出面粉，土豆丝或土豆泥即可与鸡蛋面粉混合，平底锅上油，两面金黄可人，早中晚餐通通拿下。干香菇与粉丝的完美结晶就是香菇粉丝汤，如需多营养可入一颗鸡蛋，中火炖煮，加入可心的作料，多棒的函数公式。如果这个时候，还能在冰箱的冷冻柜发现一小坨已快绝望的肉，那就堪称完美中的完美，木耳泡软，肉切好调味，只待它们发生人见人爱的化学反应，此刻，再来一首音乐，不能更好了。

我一直记得读书时期一位数学老师说过这么一句话：数学，是思维的体操。脑子里出现的画面，是干净而青春的少女，每一块肌肉都柔软，变换自如，美丽如画，从此，我爱上了数学。当日子过成一种习惯，数学的作用简直让人不可思议，而数学与烹饪所产生的化学反应，更是美妙至极，那是一种理性思维与柔软的生活融为一体的愉悦感，就像一对真正相爱的男女，灵魂和肉体都紧紧在一起。

当西红柿遇见杭椒，当花生遇到白菜，当棒骨遇到青葱，当我遇到你，没有不可能，只有我们眼睛无法抵达之处。去发现看似无关的两味食材、两件事、两个人的内在联接与默契，饿了，可以算作一次可爱的机会，用厨房之地，先去看见物，看见被忽略的存在，再用心，去发觉，去联系，去创造。青椒西红柿可以炒在一起，或者一起煮面；花生白菜可以炒，花生用少油煸脆，去壳剁碎，入水煮白菜可调味；无主食又不想喝汤的状态下，棒骨也可红烧，出锅时撒青葱调色，美貌可爱。

想起安妮宝贝的一句话：不判断、不设限、不焦虑、不怨憎，投入而充分，活出这一刻的天真。也可以用来形容做饭的姿态，抑或人生。如果是你的话，这一天会怎么做呢，是做土豆粉丝汤还是香菇煎饼？

比甜点更治愈的，是动手制作甜点

yoyo / 文

我的烹饪生涯可以分为两个历史时期：烤箱前时代和烤箱后时代。为什么这么说呢？因为前者主要是满足一日三餐的硬性需求，而后者则是为了丰富闲暇时光的味蕾感官，这就跟从物质文明进入精神文明的分水岭似的，腔调总不太一样。不过，前者的厨艺是从小被妈妈的菜肴熏陶出来的，而后者的技巧是在各色网络食谱中野蛮生长的。

那这次，就来说说我的烤箱后时代吧。

学会烘焙，是我20岁时人生心愿单的其中一个。幻想一下，亲手烤个草莓蛋糕、做一盘巧克力饼干，不管是偷偷送给喜欢的人，还是随时温暖自己孤独的胃，都是不能再美好的事情了。只是，它总在"也许很难吧""我没有时间"的各种借口里一再推迟。直到有一天，终于一咬牙买个烤箱送到家，从此，我本着不浪费钱的目的，掀开了厨房的新篇章。

我用烤箱做的第一份甜点是戚风蛋糕，也就是传说中软绵甜润的蛋糕胚，可以点缀各种口味的果酱、奶油、水果。只是在不熟悉蛋清打发技巧和烤箱脾性的情况下，它很容易做成暗黑料理。蛋糕的制作程序要比中餐精确和繁复，准备各色食材、准确称量、按步骤搅拌勾兑，一边看食谱一边操作起来总有些手忙脚乱。我的第一个作品就在跃跃欲试与战战兢兢中完成了，放进烤箱后便开始了漫长的等待，心情好像是在传短信表白之后等待对方回复似的。叮咚！收到了！打开烤箱，一个外表焦煳内里厚实的蛋糕饼，果然还是被"拒绝"了。

埋头吃着被拒绝了的蛋糕饼，内心却升起一股越挫越勇的心情。调整战略之后，我开始从更容易上手的纸杯玛芬蛋糕和饼干做起。因为配方和操作简单，且成功率高出许多，我开始体会到烘焙的乐趣，并迫不及待地向周围的朋友们分享和炫耀。姐妹们的下午茶、朋友的生日聚会，自制饼干和小蛋糕就成了伴手礼，不谦虚地说，味道丝毫不输西饼店，还能自由调节甜度和口味，也更健康。

再返回来做戚风蛋糕的时候，手法熟练了许多，并发现了第一次失败的原因，在于家中烤箱温度不太准确。若按照食谱上的温度来操作，就会比实际温度高出不少。温度一高，里层还没受热蓬松到位，外层已经烤焦。这次温度调低30度，终于成功！

每个周末，尤其是屋外寒冷的冬天，待在厨房里花上一个小时做出一款热烘烘的甜点，真的是件特别治愈的事。因专注慎重而什么都不用多想的制作过程，闻着香味读一本书的安静等待时刻，以及打开烤箱时连同诱人的甜香一同飘散出的满足感，都让幸福指数飙升到满格。在吉本芭娜娜的《厨房》里，失去双亲的小女孩在厨房才能安睡，并最终在这里疗愈了自己的内心。

爱吃甜点的姑娘们，快点儿去买个烤箱吧。如果不亲自下厨，那你就只能做生活的旁观者，没有办法切切实实地去体验过程中的辛劳与美好。

尤其是在寒冷的冬日，窝进厨房，做一款热气腾腾的甜点，
心也跟着胃，变得温暖起来。

将平凡的食材烹饪出不平凡的滋味

彭浪／文

我喜欢吃紫薯。紫薯蛋挞、紫薯饼干、紫薯汤圆……那一抹鲜亮的紫色，总是能把餐桌点亮。

有一段时间喜欢喝紫薯羹，于是尝试各种做法，看怎样才能做出更好的口感。比如，直接把生紫薯放到豆浆机里用"米糊"键打碎加熬煮，或者把紫薯切碎用小奶锅慢炖，但都不理想。要么口感不够细，要么汤水和紫薯泥分离。最后发现，把紫薯削皮后蒸熟，再把熟紫薯放入料理机，加水，加点蜂蜜搅拌均匀，出来的口感才最为细腻黏稠。

还有一种很喜欢制作的小茶点，叫紫薯茶巾绞，简单好做，颜值还很高。方法是：紫薯蒸熟捣成泥，用保鲜膜包裹起来捏成小球，然后用力把保鲜膜拧几下，让紫薯上留下布一样的纹路。点缀一点黄色果酱或者绿色的薄荷叶，一个小灯笼般的茶巾绞就做好了。如果喜欢丰富的口感，还可以把枣泥和豆沙包在里头做馅，很适合配抹茶饮品喝哦！

我喜欢吃胡萝卜，尤其是胡萝卜炒腊肉。每到年底，爸爸在家熏好腊肉，就会给我们寄一些尝尝鲜，腊肉肥瘦相间，用烟熏过，有一种柴火的香气。在锅里翻炒一会，滋滋地开始冒油，这时放入胡萝卜，就能充分吸收腊肉的油脂，无须放一点汤水，胡萝卜的甜和油脂的香热烈地混合在一起，可以驱散一整个冬天的寡淡与寒意。

当然，也有更健康些的吃法，老家浏阳人就喜欢蒸着吃。胡萝卜切片，用盐拌匀，滴几滴茶油，放点辣椒、豆豉、生抽，做法简单，又不破坏食物的营养。蒸出来的胡萝卜，入口即化，口感非常清爽，汤汁甜甜的还可以拌饭吃。

对了，胡萝卜和杏鲍菇也是绝配。这是跟一个很会做饭的设计师朋友学的，后来也成了家里的常菜。胡萝卜、杏鲍菇都切丝，入锅翻炒后，放点盐跟生抽，加水没过菜煮一会，胡萝卜的甜和杏鲍菇的鲜互相融合。待到水快收干，装盘出锅，红白相间，好看极了。

我还喜欢吃剁椒，自己家腌制的那种。小红辣椒剁碎后用盐腌过，矿泉水瓶塞紧密封起来，有时候也加些豆豉、萝卜干一块腌。腌好的剁椒依然保持着鲜亮的红色，闻起来辣味里带一点腌渍的微酸，炒白菜时放一勺，非常提味。

在辣酱的世界里，辣椒油香而不够辣，韩国蒜蓉辣酱和泰式甜辣酱都黏糊糊的，没有辣椒的颗粒感，老干妈又加了太多料不够单纯，我还是最爱简单的剁椒。

除了胡萝卜、紫薯、剁椒，我喜欢吃的还有白菜、香菇、鸡蛋、豆腐……都是些很家常的食材，不但爱吃，也爱自己做。但我不是大厨，比起大厨们一道菜动辄十几味调料，一点工序都错不得，我只做简简单单的家常菜，搭配起来也很随性，冰箱里有什么就做什么。但这样的菜式我日日习练，熟记于心，一开口就能说出很多很多。

所以，每当有人来家里做客并称赞我的厨艺时，我总是有点不自信的。这么普通的菜，拍不出朋友圈刷屏的美图，甚至也说不出属于哪个菜系，有什么独特的口感或文化背景，总归上不了大雅之堂吧！可我隐隐又有些小小的骄傲，哪怕是这么平凡的食材，但我在料理的时候，是花了心思动了脑筋的，食材搭配里是有自己的小创意的。它们独一无二，只属于我自己。

就拿最简单的，每天早上打果汁来说吧，我的方子就几乎没有重复的时候，因为都是在了解食物特性的基础上，临时想出来的。今天早上想打香蕉酸奶昔，可惜没有酸奶，于是加上自己泡的葡萄醋代替酸酸的口感，再加一勺蜂蜜调味；昨天打胡萝卜苹果汁，是因为前天晚上做菜时削多了胡萝卜，觉得和苹果一样都是甜甜脆脆的口感，搭在一起应该很不错。

如果说写作是在用文字创作，那这样的做菜，就像另一场不知道结果的创作，不断吸引着我去探索。说实话，最初发现自己每天有大量时间要花在菜场、厨房时，我多少是有些不甘心的。一旦开始变着法子去烹饪同一样食物，去发现食材里面更多的乐趣，做菜便成了我最热爱的事。

甚至，我还把这些练习做菜的方法提炼成了练习写作的方法。比如，做一道好菜和写一篇好文章类似，都需要对素材不断深入的认识，需要尝试不同的表现方法，需要持之以恒的练习，也需要突然迸发的激情。

也许正因为有了这样的领悟，我才能在日复一日的家常菜创作中，保有自己小小的骄傲吧。那份平凡中的不凡，就像日常生活中的一点英雄梦想，不需要别人来赞美，只要我自己知道，就够了。

慧慧：
带有"爱"的食物，
都是美味的

"爷爷做的红烧肉、奶奶的卤猪舌、妈妈的糖醋排骨、爸爸的红烧猪蹄……这些菜的味道其实都已经刻于舌头上，烙在心里，如果我身处异乡吃到了这些熟悉的味道，那我一定会觉得这些菜无比的美味。"

蜜思　先向读者们打声招呼吧。

慧慧　大家好，我是慧慧，坐标厦门。话说不会做饭的小会计不是个好的摄影师，所以现在身兼数职，这个身份有一点点多啊。每天会拍一张早餐图，让你听见每张照片背后的声音；每天会写一些小随笔，让你知道每道菜背后的故事。

蜜思　身兼数职的话，那你每天的工作和生活是如何兼顾的呢？

慧慧　　　生活和工作还是比较容易区分开的。生活中基本上都是按着自己的心情来，随心所欲。但工作就不一样了，因为在对待工作上会有些许强迫症，所以一定会尽全力做到最好。

　　　　周一至周五是工作日，基本上照常工作，照常做早晚饭，周末偶尔会赖床，所以有时吃的就是早午餐啦。工作日是早上6：40起床做早餐，一般30分钟搞定两人餐，因为不用坐班打卡，自己把工作做好就行，所以吃完早饭后就开始处理一天要做的工作。

蜜思　　　你是从什么时候开始自己做饭的呢？

慧慧　　　我是从2014年5月开始自己做早餐的，当时只是做早餐，就想着能让家里人定时定点地吃好早饭，一是对身体好，二是在家吃总比外面要干净卫生。后来渐渐开始做起晚饭了，厨艺也就慢慢地锻炼起来了。

蜜思　　那你的厨艺一路发展壮大的速度很快呢！

慧慧　　做饭其实没有特意学过，因为小时候经常跟在妈妈身
　　　　边看她做饭，耳濡目染也就学会了，所以妈妈算是启
　　　　蒙老师呢。还有就是本身自己舌头也比较灵，有时候
　　　　外出吃饭吃到什么好吃的菜，回来就会自个儿研究创
　　　　新，另创新菜。

蜜思　　你在家做饭的最大动力是什么？

慧慧　　现在家里的早餐晚餐都是我在做，每餐花费时间30—40
　　　　分钟，最大的动力应该是源自于自己内心是真的很享受
　　　　做饭的这个过程，而且看到成品后心情也会特别好。

蜜思　　你的厨艺风格是怎样的呢？可不可以向大家推荐一道
　　　　你拿手的私房菜？

慧慧　　我做菜的风格算是中西合璧、融汇古今吧，其实没有定向擅长的菜系，但是会更喜欢口感偏甜一些的菜品。拿手菜的话应该算是最喜欢的糖醋排骨了，食谱嘛，会写在我的新书里，大家有兴趣的话可以去看看。

蜜思　　<u>在你看来，什么样的食物是称得上"美味"的？</u>

慧慧　　于我而言，带有"爱"的食物，都能算得上美味。比如以前爷爷做的红烧肉、奶奶的卤猪舌、妈妈的糖醋排骨、爸爸的红烧猪蹄。这些菜的味道其实都已经刻于舌头上，烙在心里，如果我身处异乡吃到了这些熟悉的味道，那我一定会觉得这些菜无比的美味。或者也可以换个角度试想一下，若是你喜欢的人围着围裙洗手为你做羹汤，就算对方做的只是一碗白粥，你也会觉得这是你吃到过最好吃的白粥了。

蜜思　　于你而言，美食是生活中最重要的事吗？

慧慧　　相对于美食而言，我觉得"爱"才是生活中最重要
　　　　的事。

蜜思　　将来有什么样的计划呢？

慧慧　　目前已经成立了自己的美食工作室，准备开始录制美
　　　　食视频，今年5月推出了我的新书《今天吃什么——一
　　　　周不重样暖心轻料理》，希望以后可以在美食这条道路
　　　　上好好走下去。

第4章

衣服是
灵魂的影子

衣服记录下的人生，比文字还真实

彭浪／文

我不太看也不买时尚杂志，觉得自己既不美也不时尚，便带着点自卑而怯懦的心理自动远离这个门类。不过，有一本时装书我很喜欢，那是黎坚惠的《时装时刻1987—2007》。

有人赞这本书装帧精美，有人喜欢看里边黄金时代港星们的八卦，时尚圈小编们更是将之作为时装进阶宝典和20年的"时装史"来看。而最打动我的，却是书前的6面大拉页，黎坚惠的自拍照，她日复一日地拍下自己的着装，没有一套重样。

你看她头发长了又短，扎起又放下，你看冬去春来，你看她从女孩到少妇再到抱着自己的小孩出镜……每一阶段穿着的服装都对应着相应的人生态度和选择。时光似乎带走了很多，但她自信盯着镜头的神情，又似乎连时光也无法改变。

我很好奇，她的自信来源于哪里？萧芳芳送给她书，张曼玉给她写信，和张国荣、黄耀明合影，穿着Chanel、Prada、Dior……看完书，你会发现，这些都不是她自信的来源，而是她

用信心和魅力赚来的礼物。自始至终，无论什么样的境遇里，她都非常倚赖自己的"衣服"。

1990年。"这一年毕业踏入社会工作，最终选择了去《号外》杂志当Editorial Coordinator，即学做编辑……一个女性要在男人的地头建立自己的事业，加上是初出茅庐，阻力是双倍的，于是'扮大人'，成了我当时最自然的反应。"

1999年。"一个人住，出门上班没有人跟我说努力、加油之类的，甚至没有拜拜；仿佛是为自己打气，我在这个时候开始了我的时装日记。……时装当然不只是衣服，它可以是阁下的灵魂的影子，也可以是一个人时的忠实伴侣，是令你惊喜或感到安心的，当然，它也给我们烦恼，但都是可以解决的麻烦。别人养宠物，我穿时装，如此而已。"

她说："这不真是一本自传，不真是一本时装书，而是关于某个时空里的我、我所遇到的人、所见识过的香港，而这几样多无独有偶地跟时装扯上关系，然后时装又将我带去认识另一些人，另一些地方。"衣服武装了她，成全了她，而最初的最初，又是谁教她去信赖这"衣服"？

由她，想到身边很多喜欢服装，想做自己品牌的朋友。想做的类型也五花八门，有人喜欢日系，有人偏好复古，有的立志让中国女孩可以拥有属于自己的小礼服，有人则致力于蒙古服饰的现代设计……追根溯源，每个人"心爱的衣服"里，都有着一段独特的成长经历。衣服不再是衣服，而成了一个约等于"自我"或者"梦想"的词。

又想到自己，谁说我这样不时尚不美丽的人，就没有自己的"服装史"呢？只是于她们是不断追逐的历史，在我，却是逃离的历史。和那些喜欢时装的朋友们一样，我妈妈是一个经验丰富的老裁缝，我从小就喜欢画画，喜欢看画册上和电视里的各种美丽的衣服，披纱巾扮白娘子，偷穿妈妈高跟鞋的事情也没少做。可是，为什么我没能成为一名服装设计师呢？为什么甚至在很多年里，我都认定自己与时尚无缘，对自己的着装很自卑呢？

其实起初，每个女孩都是个骄傲的小公主。10岁之前，我的衣服基本上都是妈妈做的，印象深刻的，有彩色波点连衣裙，有白衬衫配红色背带裙，有镶着荷叶边的碎花森女系衬衫，无论哪一件穿到学校去，引发的都是一阵艳羡。

人生的转折发生在初二那年。有一天和一个男生同时经过一个过道，许是觉得我抢占了空间，那男生挤过去之后对我说："我觉得你好胖。"我没听清，也没听懂，他就又重复了一遍。这是我人生中第一次感受到"胖"这个概念。从此，小公主一夜变"灰姑娘"。

事实上，在自己都没意识到的时候，我告别了又高又瘦的儿童时代，迎来了横向扩张的青春期。那个男生的无心之言，从此把"胖"这个词深深烙印在我的脑海里。我渐渐穿不上以前的衣服了，妈妈特意为我缝制了民族风的大摆裙，穿上后却越来越觉得自己像个农妇，又耻于去逛服装店，如果找不到合适的尺码，恨不得地面上有个缝可以钻进去。

于是，我的衣服越来越少，不敢试，不敢买，也不敢穿。偶尔，看到心仪的漂亮衣服，我会在脑海里幻想穿上它的样

衣服，是一个人灵魂的影子，也是一个人时的忠实伴侣。

子，一遍又一遍。但我不会去试，反而买下的，是那些宽松的、灰暗的、不起眼的衣服。我似乎天然地知道，人们最难容忍的，往往是那些追求美而不得的人。他们会觉得你不自量力，所以，做一个不起眼的胖子，更符合周围人的想象，也更安全吧。从什么时候起，我竟然把自己列入了不配拥有美的人的行列了呢？

心里却一直是涟漪不断的。连整个高中时代的最大遗憾，也是没能在学校穿一次裙子。可逃避美好的，又何止因为长胖而自卑的我一人呢？我记得大部分女同学都是不穿裙子的，许是还没什么性别意识，许是爱打扮就被等同于问题学生。我记得有个喜欢穿吊带衫、喇叭裤，脚踩松糕鞋来上学的同学，曾被勒令回家换衣服。长大后回想，觉得她是个让我敬佩的勇敢姑娘，虽然爱臭美，穿衣也不太有分寸。

这样的我，为什么没有勇气接近时装和时尚，原因显而易见。唯一庆幸的是，后来遇到很多鼓励，也历经思考和磨炼，总归可以坦然面对穿衣服这件事，不再介意别人眼中的美丑，只求自己的舒服妥帖。

这样的我，和每日一幅照片记录服装的黎坚惠，看似风马牛不相及，却都在不知不觉间，让衣服记录下了我们不断成长，经历挫败又不断反思的生活。谁又能说，衣服只是肤浅的表象呢？

我的第一件
定制旗袍

蔚蔚／文

搬家，整理打包衣物，发现最不舍得扔掉的，除了书，还有旗袍。

习惯于把我的旗袍们唤作"爱妃"，每当换季整理衣柜，总有一种坐拥"后宫佳丽三千"的感觉（哈哈，其实也没有三千件这么多啦）。这些"爱妃"中，我最喜欢生命里第一件定做的旗袍。掐指一算，"她"竟也有十一年的历史了，这些年间，大大小小的重要纪念日我都会首先想到她，大学毕业典礼拍集体照时也一定要穿着她。

但我喜欢旗袍已然不止十一年。这也拜我家母后大人所赐，双鱼座的她常常痴迷于琼瑶剧，于是年幼时我也跟着看，《婉君》《梅花三弄》《新月格格》，等等。现在回想起来尽管我很讨厌琼瑶剧里歇斯底里的剧情，但却非常喜欢女主角身上的衣服，嗯，就是那种优雅的民国旗袍。

高中时过得很压抑，总有种难以名状的"孤独"。不仅要面对时不时挫伤学习积极性的数学考试，还要疲于应付"一波未平一波又起"的痘痘。这种压抑常常只有在阅读文学作品时得以解脱，尤其是中国古典文学。也许是琼瑶剧里优雅的旗袍成为埋在心底的种子，加上中国古典文学的意境与旗袍暗合，我暗自下定决心，一定要做一身旗袍。

其实去商场买一件旗袍来得更简单，但因为我的肩宽而腰小，很难买到合身的旗袍。于是在高二下半学期，我决心定做人生第一件旗袍。

妈妈对于我的"旗袍计划"的大力支持远远超出了我的想象。她一直觉得读高中时的我太不爱打扮，套着我爸的蓝色工作服居然也能怡然自得，如今得知我竟想穿旗袍，不禁喜出望外。于是，即刻就带我去布料市场买布。

十一年前的董家渡布料市场，与今日可大不一样。那时的布料市场更大，架着米黄色的顶篷，夏天去逛也一点不会觉得晒，门口还常年支着卖棒冰的小摊。记得每次陪妈妈逛完布料市场，我一手拿着布，一手一支冷饮，一路吃回家，有一种满载而归的幸福感。

要买到适合做旗袍的布料真不容易呢，出于人生中第一次定做旗袍的慎重感，我和妈妈基本上把整个布料市场的每一个摊位都逛了一遍。至于选什么样的布，我在心里早就盘算好了，千万不要做成一件织锦缎布料的礼服旗袍，而要一件日常生活就能穿的布旗袍。礼服旗袍固然华丽，可是对日常生活并不实用，尤其对于一个高二的学生来说，能用到的场合也实在太少了。

一路走一路逛，我们基本上都在看格子条纹和小碎花的棉布。这样的料子看起来样式很多，可是仔细辨别才发现，适合做旗袍的布料并不多。我一直喜欢浅蓝绿的色系，就算有花朵图案也偏爱"文气"的小花朵，而不太喜欢花团锦簇的那种。旗袍一旦做得太花，穿在身上就会有一种电视剧里风尘女子甩着手绢说"大爷，你来啊"的既视感。但这种浅蓝绿色系的布料，它们的质地往往比较薄，织布的密度不够，洗过几次之后，上面的颜色就不鲜亮了，因此妈妈不推荐我买这样的棉布料。而她选中的质地厚实的布料，颜色花纹却总是显得或深沉或艳丽，一点都不小清新。

于是，我们两人继续一个个摊位地寻找，妈妈还说，如果这里找不到，我们就去十六铺布料市场再看看。正说话间，一眼瞥见进门左手第二家主要卖牛仔布的店家。店门口

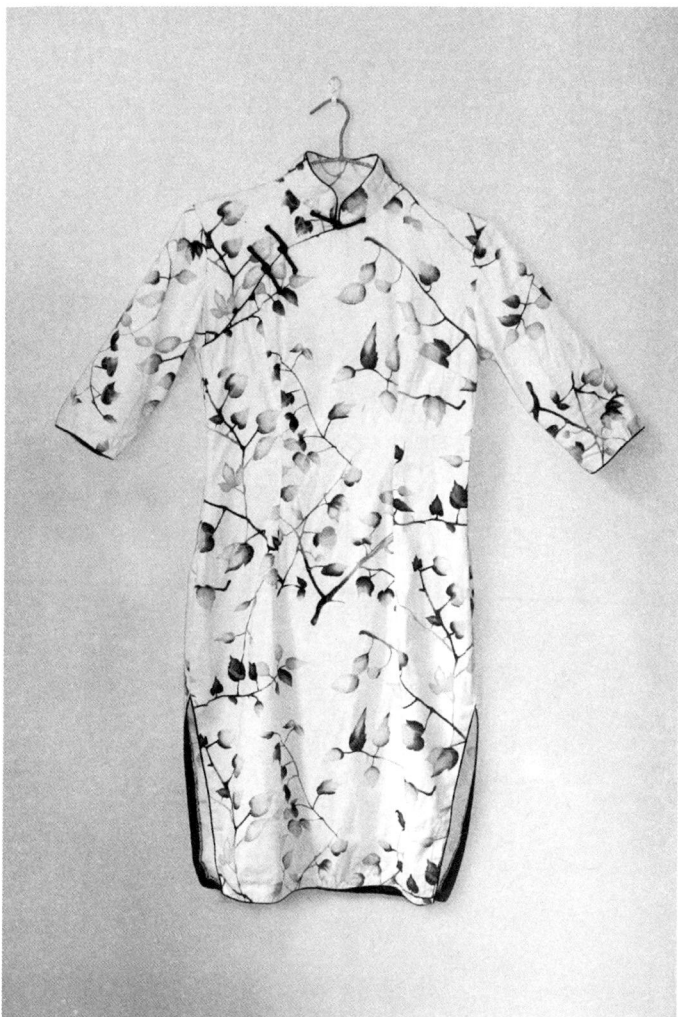

正斜躺着一匹布，但不是牛仔布，而是白底深蓝渐变色叶子纹的莱卡弹力布。颜色花纹都是我喜欢的素净，布料质地也是妈妈认可的厚实。问老板价钱，答曰，25块一公尺。作为棉布料价格不算便宜，但因我真心喜欢，也就爽快地买下了一公尺七。

买好了布料，"旗袍计划"立马推进了一大半，我和妈妈便继续在布料市场里看款式、选盘扣。布料市场里不仅卖布料，还卖辅料和纽扣，有些大型摊位还会挂出样衣，都是当时最流行的款式。

我们看了不少款，最后选了最基本的绲边右开襟款。一来是因为第一次尝试，还不知道裁缝水平如何；二来，我们也希望这件旗袍平时也能穿，所以不会选太过另类的款式。不过到了选盘扣时，我又面临"选择恐惧症"了，因为这么多好看的盘扣，简直要挑花眼啊！数得出名字的盘扣就有：直盘扣（也叫一字纽）、琵琶扣、蝴蝶扣、凤尾扣、菊花扣、梅花扣、扇形扣、寿字扣、囍字扣，还有许多叫不出名字，但是花形无比漂亮的盘扣。

妈妈和我拿起盘扣一一在布料上比较，却发现之前觉得好看的盘扣在这块棉布上显不出来，倒不如深蓝色一字纽，简洁大方。真的只做简洁的一字纽吗？还是略复杂一些的蝴蝶纽呢？内心的两个小人开始"打架"了……最后决定还是一字纽吧。但又实在舍不得，故而又买了好几个其他式样的盘扣，美其名曰，留着以后做衣服用嘛。

一切原材料齐备，和妈妈坐11路到老西门，当时我们还不熟识小赵师傅，只是打听到老西门有个专门做旗袍的裁缝，就找过去了。小赵师傅头颈里挂着皮尺，仔细地给我量着衣长、颈围、袖长、手围，等等，一边量一边在一张尺寸纸上记数据。量到腰身时，我一再强调不能做得太紧身啊，裁缝师傅只得特意放宽了腰身。

可是试样衣时才发现，所谓合身的旗袍，最应该合的便是腰身啊。回想当年镜子里的自己穿着那件没有腰身的旗袍，就像《麦兜响当当》里的情节，小朋友指着麦兜说，老师，他没有腰。

幸好，定做衣服的好处不仅在于量体裁衣，还在于试衣修改。请裁缝师傅重新量了腰围，在缝纫机上把四处腰线都往里收了好多寸，才终于有了腰身的模样。想来也许是当时的自己太自卑了，害怕穿太过紧身的衣服，却忘了旗袍的本质就是呈现你身体本来的样子。

就这样，我有了人生中第一件旗袍，莱卡弹力棉布料，素色叶子纹，配上藏青色绲边和同色一字纽，最简单的右开襟基本款。

做完这身旗袍，我仍然没敢穿到高中去，也许是害怕同学们会"嘲"我。直至读大学，我才第一次穿上它，在没有校服限制的大学时代，以及往后的若干年，她都是我重要的衣服之一。

大学时，隔壁新闻班的同学说，哦，你们广告班有个喜欢穿旗袍的姑娘；回高中母校参加校庆看望美术启蒙老师，老师说，这件衣服挺适合你的；要好的同事说，我也喜欢旗袍，可

是只有你有勇气穿出来了；习惯了我着装风格的朋友，也渐渐
了解旗袍未必只是宴会装，日常生活中也可以穿着。

与其说这一件旗袍改变了我的着装风格，不如说从这件
旗袍开始，我渐渐找到了让我"成为我自己想成为的样子"
的方式。

yoyo / 文

妈妈20岁那年，她拥有了自己的一台缝纫机。

七八十年代的小县城，远没有如今大街小巷林立的服装店，那时候做衣裳都需要自己买好布料，送去裁缝铺子量体缝制。好的布料，像灯芯绒，都是限量供应；也多是逢年过节，人们才会去做新衣裳。

1978年高中毕业的妈妈，参加了恢复高考后的第二届考试，课本都没学完的她连同整班同学，都毫无悬念地落榜了。在当时，不读书了的男孩子会去学木工、漆匠的手艺，而女孩们则多数去学裁缝。妈妈也去一位老师傅带领的裁缝班里学了三个月。除了掌握基础的缝纫技能，比较难的是要学会给各种式样的衣服制图、裁剪、缝合。妈妈学得很快，出师之后没再跟着老裁缝当助手，自己就单干了。

1982年，妈妈花150多元买了一台华南牌的缝纫机。那时候妈妈跟爸爸已经在谈恋爱了，奶奶家的房子挨着马路边，开了家卖零食日用品的杂货铺，妈妈就在铺子里摆上缝纫机，开始接活给人做衣服。

年轻的妈妈长得漂亮，也很爱打扮。我在相册里见过很多她年轻时的照片，隔两年就会变换时髦的发型和着装。虽然那个年代的"时髦"也不过千人一面，比如女孩们都烫过经典的"一片云"式刘海，比如喇叭裤时兴的那阵子，满大街不管高矮胖瘦都清一色喇叭裤。

也正因为八九十年代的服装款式远不如今天花样百出，妈妈的缝纫技术足以满足顾客们的需求。当时店里放着一本服装书，里面有裤子、连衣裙、衬衣、中山装等十几种基本款式可供选择。但妈妈说，给人做衣服最重要的是合身，"你得根据每个人的身形去判断他适合穿什么样的衣服，矮胖的人，我会建议不要做喇叭裤，驼背的人，衣服的前片要留短一些……"很多道理老师傅并没有教过，都是她在给人做衣服的过程中自己摸索出来的。

给顾客做衣服之余，妈妈也爱给自己做。90年代，潮流的浪头拍打到了这座小城，街上慢慢出现了几家卖成衣的服装店，每逢换季，她会特地抽空去店里看看当季流行的款式，回来后，就照着看到的流行元素在原有的款式上做改进，做好了自己穿上。不仅满足了爱美的心情，还经常会有顾客指着她身上穿的新衣服说，"我就要做这个款"。

那些年，妈妈的裁缝铺子客源一直不错。既挣了不少钱，又一边兼顾着带三个孩子。而且她说，看着一件件衣服从无到有，看着顾客喜笑颜开，"真的有种成就感"。

不过，待到90年代末，街上的服装店已层出不穷，市中心建起了两侧全是卖衣服的步行街。与此同时，买布去裁缝铺做衣服的人也越来越少了，裁缝，渐渐成为服装高级定制的职业，对专业技能有了更高的要求。妈妈的裁缝铺子，慢慢地不再对外营业了。

妈妈的爱美之心，却没受到什么影响。即便没有因为开店而要去了解流行趋势的需求，她依然很喜欢逛街，也很敏感地知道今年时兴什么材质什么颜色什么款式。因为做过多年裁缝，妈妈的眼光总是很准，衣服不用上身，拿在手里一看就知道适不适合自己。

三个孩子都在上学的那几年，家里的条件不宽裕，没有多余的钱放在穿着上。每年过年，妈妈会比较慎重地选购一件好衣服，她会考虑材质、花色、款式尽量不与已有的衣服类似（不然看不出是新衣服），既要有流行元素又要不容易过时（能多穿两年），而且还得适合自己的身形（穿上好看）。虽然每年冬天就添置一件外套，但隔年穿出来都还有亲戚朋友赞好看。

　　时间飞快，我们三个孩子相继远离家乡，去千里之外的城市工作、生活。每次回老家或是妈妈来北京，我都很喜欢跟她去逛街。我跟妈妈隔了两个时代，但逛街挑衣服时却一直可以给彼此意见。有一次，我带妈妈去H&M逛，本来还担心她接受不了欧美风，结果她新奇地挑来试去，最后买下一条长及脚踝的包臀裙搭一件蝙蝠衫上衣。

　　已经50出头的妈妈，得戴着老花镜才能穿针引线，她的那台缝纫机也成了家里年头数一数二的老古董。不过，爱美的她对于衣服的喜爱倒是丝毫未减，她柜子里既放着十几年前自己亲手做的衬衣，也有很多连我也可以拿来穿的时髦裙子。

女生们总会忍不住买很多的衣服，有些男生也是。人类对衣服的着迷程度丝毫不亚于食物，而整个地球，恐怕只有我们这类生物穿衣服，并将这个遮盖身体的东西发展成一门艺术，且引以为傲。我不禁想，人一生到底需要多少衣服？你大概会说，嗯，女人的衣柜里永远少一件。可是，真是如此吗？

我常常听身边的小伙伴抱怨，日日为"今天穿什么"感到头疼。打开衣柜，看似很多，常穿的永远是那几件，而另一些，总是落寞地待在某个角落，直到某一天，被主人翻出来，用"我应该拿你怎么办，是扔掉呢还是……"的踟蹰眼光反复打量，最后，要不继续落寞的命运，要不就是被扔掉或者其他未知的可能。时间不停往前，我们总会看上更多的新衣裳，衣柜被慢慢填满，被遗忘的衣裳也会越来越多，"喜新厌旧"这个词用在穿衣服这件事情上，是毫无悬念的贴切。

信息爆炸的新媒体时代，简单的生活态度很容易被欣赏被推崇，类似The Minimalists这类博客有不少的追随者，极简衣橱这类文章在网络上也总是点击率很高。但，该买的还买，该扔继续扔，极简主义仍是小众，五年不买衣服对大部分女生来说根本不可能做得到，为什么？我能想到的最好解释就是：人性。我们本就背负原罪出生，贪婪、嫉妒，欲望越被满足就越发膨胀。而衣服，早就告别了遮蔽身体这项最原始的任务，成为财富、品位和个性的象征，我们可以说"you are what you eat"，自然也可以说"you are what you wear"。

没错，让人少买衣服或者说不买衣服很难。尽管有些衣服只穿一次，可我就是有那么多的欲望那么多的期待，每买一件衣服，似乎就离未来的某种可能近了一些，当然也可能远了一些。但生命的精彩和悲哀之处正在于此，反复试错并重新开始，这没什么大不了，停滞不前却总是会令人沮丧。所以不如

干点可行的事情，整理下衣服是可行的，整理下脑子也是可行的，时时多想着环保一点点也是可行的。

你的衣服多到穿不完，多到好多衣服都忘记拆标签对吗？没事，可以想象自己在玩一个游戏，这个游戏需要你把每一种东西放在相应的盒子里，在这之前你还得找到这些盒子并贴好标签。把能想到的分类都列出来吧，常穿的，不常穿的，春夏的，秋冬的，衬衫、T恤、连衣裙、外套，外套可以有毛衣外套、风衣、夹克、大衣，总之能想到的都列出来，哪怕某一类只有一件衣服也请列上，不要搞混。只有把所有的东西都一样不落地放入相应的盒子，才能通关升级。这样有个好处便是，时刻清楚自己有哪些衣服，在每一季需要购置新衣的时候，才能最快也最清楚看到自己需要up date（更新）哪一款衣服，不容易买错，也更节省时间。

不管你有多少衣服，做到上面那样有效的分类一定能让衣柜规矩不少，但前提是，你得有个足够大的衣柜，大到能装得下所有分好类的衣服。如果你的衣柜不够大，或者正在租房子住，就要多多利用储物盒，并且想各种节省空间的方法了。比如帽子要叠起来，T恤卷起来放。即便这样还是装不下，那么，你有两种选择：第一，处理掉旧衣服，比如跟它们说再见说谢谢然后扔掉捐掉，或者旧物改造成储物袋抹布什么的，旧物新穿再好好搭搭配配让它焕发第二春自然是其中最聪明的办法；第二，努力挣钱买大房子、买大衣柜。

有些人认为，整理衣服、断舍离是整理思维的第一步，生活空间整洁清爽了，脑子也会更专注，更懂得对拥有的物品心怀感激并好好使用。这话不错，但是每件事情不都是先一后二的，尤其思维在时刻运作的情况下，很难说清楚，是某件事情在影响人，还是人促成了某件事。但我想，什么事情都是一点点就好，不用太过度，即便你有再多的衣服，哪怕你再不会整理，也只会把它塞到衣柜里而不是放在马桶上。

衣柜是衣服的归宿，衣柜是房间的一部分，人是一个大房间，穿衣服只是人的一部分，其他的部分，有吃饭睡觉，当然也有阅读、学习和工作，有时候你还得发呆……只要你够大，你就可以装下更多。有时候，问题并不出在东西太多，只是我们还不够大，或者说，不够清楚自己有多大，还能有多大。所以整理衣服，有时候不是清洁课题，而是个人生课题，你不过就是在不断纠正自己的人生，想弄清楚自己需要多少衣服，又能放下多少衣服。嗯，有一天你自己一定会比任何人都清楚的。

宁远：
一件好的衣服，
需要遇见懂它的那个人

"新衣服本身是没有生命的，只算是半成品，只有遇见一个真正珍惜它的人，才能相得益彰。就像一个女人要遇见一个懂她的爱人，她会因为爱变得更有光彩。"

蜜思 先向读者们打声招呼吧！

宁远 我叫宁远，是"远远的阳光房"品牌的持有者，这是一个以女装为主的品牌，也会售卖跟服装相搭配的生活方式的其他生活物品，比如说生活器物、有机食材。同时，我也是一位写作者，出版过一些书。在此之前，我在媒体工作，是位主持人，也在大学当老师。后来，我把这些工作都辞掉了，做了现在的事情。

蜜思　在"远远的阳光房"里，一件衣服是怎么从无到有诞生的，大概会历经哪几个过程？

宁远　一件衣服从无到有，通常会经历这些过程：构思，画图，制版，做样，再调整，制作。当然，顺序有可能颠倒过来。比如，有时候还没看见面料，我就会在脑海中构思一件衣服的样子；有时候，也可能是看到一块好的面料，我们认为它适合做出什么样的衣服，再拿着面料来构思创作。

蜜思　在你看来，一件"好的衣服"需要具备哪些特质？

宁远　一件好的衣服，需要遇见一个对的人，才能成为一件好的作品。因为生产出来的新衣服本身是没有生命的，只算是半成品，只有遇见一个真正珍惜它的人，能够诠释它的人，这样人和衣服才能相得益彰。就像

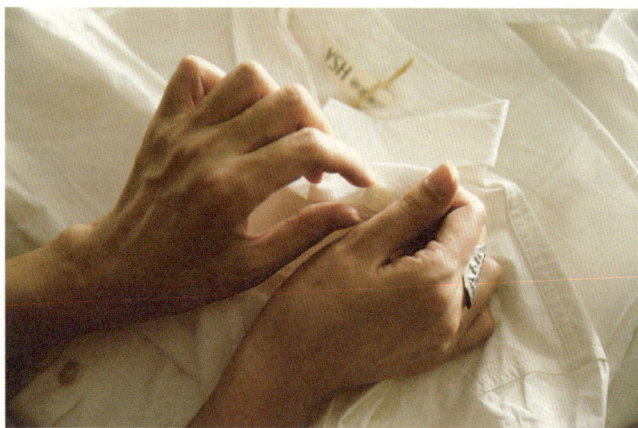

每个女孩都是生活家

一个女人要遇见一个懂她的爱人，她会因为爱变得更有光彩。一件好的衣服，也是这样的。

蜜思　如果只能从衣橱里选出一件最"心爱的衣服"，能说说你的这件吗？

宁远　选不出来最心爱的衣服，因为我做的每一件衣服都是我心爱的衣服，否则我不会去做。每一件都有它的故事，希望能售卖给懂它、珍惜它的人。

蜜思　二十岁左右的女孩子应该如何更理性地挑选和购买衣服，你有没有一些好的经验可以分享呢？

宁远　我觉得，对于二十岁左右的女孩子而言，首先要考虑自己的经济实力，有没有能力去支付衣服的费用。穿自己挣来的钱买的衣服，量力而行就好。因为这个年龄的女孩子，青春就是最美的，穿什么都会很好看。选择的衣服，能帮你呈现出一种自信，一种有生命力的状态，就很好。

蜜思　　对你而言，衣服是生活中最重要的事吗？

宁远　　对我而言，穿衣服，穿什么样的衣服，每天要如何搭配，这些当然不是生活中最重要的事情，因为衣服永远不会比人更重要嘛。但是，对于我的工作而言，做衣服是我一个非常重要的部分。

蜜思　　你日常的工作和生活状态是什么样的？

宁远　　早上起来，给孩子做饭，送她们上学，上午通常在家写作，下午到工作室处理工作上的事情，晚上则陪孩子。周末，通常也会全心地陪孩子。如此，周而复始。

蜜思　你对将来有什么样的计划呢?

宁远　重要的，从来都不是做成一件什么事情，而是你要成为一个什么样的人。如果一定要讲对未来的规划的话，我想应该是我对自己的规划。我希望我永远保持创造力，永远对世界有好奇。我能更好地控制自己，管理自己的情绪，能更从容，更温和。这就是我对未来的期待。

第5章

一间属于
自己的房间

就连喝水
都感觉幸福的
绿萝

西西／文

一所空房子里，没有绿植，就像一盘菜，没有放盐一样，寡淡无味，了无生趣。

因为没有办法与大自然时时亲近，所以，在日常居家的空间里，开辟一些角落给绿植安个家，就尤为重要。闲暇或忙碌间隙与它们待一会儿，照看它们，观察根茎弯曲的姿态与叶片伸展的纹理，因为倾注了时间、精力和情感，植物们会很乐意给予我们意想不到的愉悦与能量。

当仔细观察一棵植物的时候，我常常惊叹大自然的力量，富贵竹叶片上的褶皱，灯光打上去呈现一种优雅淡定的层次感，海棠花自然渐变且清雅不俗的粉色，以及多头康乃馨花瓣由紫及粉的鲜明过渡所透出的可爱俏皮，那样的美，美得没有理由。但最让我欣赏的，是好多好多的植物，只需浇水就可以静静活下去的姿态，比如喝水很就幸福的绿萝，喝水加上晒太阳就会快乐得不得了的红掌，在南方下过雨就会疯长的不知名

学着像喝水就感到满足的绿萝一样，因简单的事物而感到快乐。

藤蔓，它们从不介意是生长在岩壁还是石头缝隙。

所以，在居家生活的日复一日，就不自觉地偏好起那些喝水就满足的植物们。绿萝真是随处可见，何需要去趟花市，一盆一盆挑选着买，办公室里的大盆绿萝，小心剪下几枝，喝完酸奶的玻璃瓶、吃完饼干的透明塑料罐，甚至食完快要丢弃的腐乳瓶，都可以成为一小枝绿萝的家，装满水，让它们日日夜夜咕噜咕噜喝水，想想真是可爱至极。

绿萝很容易长出新芽，比老叶的深绿色嫩上不少，那一抹亮眼的新绿，透着骄傲，还没有完全伸展开来的叶片，又带着些许娇羞，喷上些水，更像一个还未懂事的少女，娇娇滴滴的，一点不比盛开的鲜花逊色。绿萝长在土中也很容易活，保持土壤的湿润，平时是不需要太去管它的，即使主人放个长假出了远门，十几天回来，它仍然活得好好的，哪怕有几株带着些失望的表情，耷拉着脑袋，只要喂饱水，隔上一两天，它们又是生机勃勃的。

跟绿萝一样爱喝水的红掌，看上去似乎要格外细心的样子，但它们其实也很皮实，更重要的是，红掌很喜欢晒太阳，越晒结出的花越红。有一段时日，我与家人外出旅行，十几天回来，发现往日热情似火的红掌已经变成了焦红色，干得一碰就要掉的样子，赶紧浇水晒太阳，一日不忘，一周过去，竟又红得快滴出油，比起它们，人的生命力倒显得脆弱了。

　　除此之外，龟背竹、富贵竹、巴西木都是无水不欢，好养好活的，根据高矮错落放在家中，不用出门即可坐拥一片绿意盎然，这是人的福气。说起喝水，我想起某一年在西藏，高原反应得厉害的时候，最喜欢做的事就是喝西藏本地水，接上自来水，烧开，一点点喝，日日水不离身，那是这辈子印象中最好喝的水，每天一喝热水便觉得幸福，那时的自己，也像绿萝一样，因为这么简单的事物快乐着，出藏后这感觉就少多了。现在，养着这些一喝水就开心得不得了的植物们，看有没有一天，自己也能和它们一样。

整理房间
就是整理人生

彭浪／文

每个周末都有一天是不出门的，因为要在家打扫卫生，收拾房间。说起收拾，不知道你会不会和我有同样的感受，仿佛这是一件永远也完不成的事情。每次打扫完，干净整洁的房间仿佛在闪闪发光，可兴奋感还没维持多久，它就一天天黯淡起来，布满灰尘。

于是，一到周末就投入打扫大业，心情也不断在兴奋与沮丧之间循环往复。多想有一种方法，一旦收拾好就永远不会脏不会乱啊！

看过不少关于打扫和整理的书，《不持有的生活》《断舍离》《怦然心动的人生整理魔法》，在这些书里，整理被上升为一种人生哲学，是一件相当严肃的事情。但真正实践起来，却还是觉得非常艰难，也许，完美的家就像理想的自我一样，只是奋斗的方向，而并不存在于现实吧。

这些书里，我最喜欢的是《怦然心动的人生整理魔法》

这一本。整理时的唯一标准就是是否心动，这是一个多么可爱的理由。而作者近藤麻理惠从五岁就热爱整理，十五岁起就苦心钻研各种整理术，也让我惊叹，原来一个人还能有这样的活法。

在麻理惠看来，整理是一种需要学习的教养，应该是从小就开始培养的。而"会整理的人"，不仅仅要具备物理上的收纳技巧，更要培养一种正确的整理心态。

她的不少观点都带给我关于生活的启发。

比如，整理之前，最先要思考的是"理想的生活"。

"磨刀不误砍柴工"，行动之前先思考。问问自己，你到底想要借由整理得到什么呢？你拥有什么物品，等于拥有什么样的生活态度。整理不是不经思考地把东西收起来，而是

留下让你砰然心动的东西，丢掉不心动的东西。
整理房间之后，你才会发现心中真正的渴望。

要看清楚自己"在整理好的房间里生活的样子"。喜欢什么样的家具、器物，为什么会喜欢它呢？不断追问下去，你会发现，无论是丢东西，还是买东西，最终都是为了让自己过得更幸福。只有明白了自己在追求怎样的生活，你的整理才会有动力，有标准。

比如，留下让你怦然心动的东西，丢掉不心动的东西。

大部分人判断一件东西该不该留下，都会以是否有用为标准。但麻理惠认为，心动才是唯一的标准。很多东西只是看似有用而已。比如一件衣服，你觉得总有一天能穿得上吧，但它并不让你心动，回想一下，你穿过它几次呢？既然不喜欢，那就快速决断，勇敢地放弃，你的时间和空间才不会被它所耗费。周围只萦绕让自己心动的事物，这是一种多么快乐的理想人生啊。其实做到这一点很难吗？只要将所有不喜欢的东西都丢掉就好了。

比如，整理房间之后，你才会发现心中真正的渴望。

书中有个例子，有位姑娘整理自己的书架，在只留下让自己心动的书之后，发现这些书竟然全都是关于社会福利方面的。而为了升职考试买的各种英语和考证的教材，全都被她扔掉了。借由这次整理，她想起了自己以前做过的保姆义工，想到自己想要创造一个妈妈和孩子都安心的社会。于是，她逐渐转换轨道，后来开了自己的保姆公司。整理家里，其实也就顺便整理了自己的过去，而且从中明确地了解到人生中什么是必要、什么是不必要，什么该做、什么又该戒。整理之后，有人辞职，有人离婚，也有人更加热爱自己现有的工作和生活。

还有，如何分辨真正重要的东西？

"不心动的东西"就丢掉，看似简单，但很多人却做不到。牵绊他们的，无非两点，一是对过去的执着，一是对未来的不安。"这是前男友送我的礼物，他当时对我真好啊……""这个东西现在虽然用不上，但说不定总有一天用得上呢。"这种情绪又何止在整理东西时存在呢，找工作，跟人交往，我们无不受困于这两种想法，看不清楚对自己而言真正重要的东西是什么。

其实，无论整理物品，还是整理生活，都是透过与自己对话，找到或留下真正让你怦然心动的。比起收藏回忆，不如爱惜现在的自己。丢掉不必要的杂物，才能找回人生决断力。在整理的魔法中，我们孕育出人生的自识与自信，然后把更多的时间和热忱，投注在真正让自己心动的事业上。

真正的人生，从整理之后开始。

yoyo / 文

　　真正开始一个人独立生活，是在大学毕业之后，去往一个全新的城市工作。记得那一年是奥运年，北京在新闻报道里被无数次提及，因而觉得对它很熟悉似的。坐上卧铺火车出发的那晚，离别的伤感很快被一种莫名的兴奋代替，只望见前方是一片神秘未知的森林。

　　我在北京的第一处房子跟工作有关。因为是给一位报道西藏的自由记者当助理，所以住在她的一套两居公寓里，客厅和主卧用来办公，另一间则是我的卧室。这份工作对我最大的吸引力在于去西藏，而在这里要对抗的最大难题，是一个人的孤独。在开始工作的头一月，我经常独自在公寓里生活和办公。行李塞不满房间一角，北京又没几个朋友，每天甚至不需要出门跟人说话，从拥挤的集体宿舍一下抽离到空荡荡的陌生城市里，有点不知该如何自处。

　　还好那段时间不算长，奥运会开始之后，我就跟着去了西藏。但其实，天高云阔的西藏也是个孤独的地方，在高原上开车行驶时，除了原始的山岭、河流和云朵，四眼望不见一个生命。

2008年的冬天，我辞去工作回到北京，并且悲惨地，失恋了。北方冬天的风可真大啊，我裹着厚厚的帽子、围巾在大风里四处看房、找工作。没时间挑拣，很快找到新工作，并从北五环迁徙到了东五环外，找了一处与公司相隔两站的房子。现实的艰辛倒是治愈好了失恋，没有暖气的房子也是家呀。

说来奇怪，那应该是最凄寂的一段时光。但好像，在北京的几个好朋友也是在那段时间里结交的。那是间朝西的小小卧室，太阳只有在落山之前会匆匆打声招呼。每天下班，从地铁出来后，都要在昏黄路灯的小道上步行十几分钟，听见自己鞋跟咚咚咚敲地的声音内心才镇定一些。回到家，开门，开灯，开电视，用电饭锅煮面，日日相似。隔壁房间住着三家人，但只有擦身而过时会打个照面。还好，在小公司里的几个女生越混越熟，差不多的年纪和经历，情谊也特别单纯热烈，周末约着串门或一起玩儿，似乎也就没那么孤单了。

住到第二年的春天结束时，又搬了一处附近的房子，一个更旧也更热闹的小区，楼下总有很多老人小孩；一起合租的另外两个卧室，也住着颇投缘的同龄人。更重要的是，这个房子有个很大的客厅。于是，周末大家经常一起做饭聚餐，一起喝啤酒聊天，一起躺沙发上吹风扇看电视。记忆中的那个夏天，过得很像《老友记》，总有朋友进进出出，还曾因为各自支持的超级女声而吵得不可开交。那年，姐姐研究生毕业了，搬来跟我一起住，瞬间又回到两姐妹睡一张床上的童年时光。

秋天的时候，因为换了公司，我跟姐姐一起从北京的东边搬到了西南边，跟她的一位同事合租一个两居。我们购置了一些简单的家具和生活用品，安定有序的日子也渐渐开始了。早上做早餐吃完再出门，太晚回家会有人牵挂，周末在家打扫卫生招待朋友。那个冬天，经常好多人围着客厅的大圆桌一起吃火锅，从中午持续到傍晚。而"蜜思"的想法和雏形，也是从那一次次的火锅中涮出来的。

在北京生活和工作久了，才对它真正熟悉起来，也生发出一丝一缕的情感。我们都陆续开始新的恋爱，换了更好的工作，人生渐渐开阔起来。意外的是，从没谈过恋爱的姐姐竟很

快遇见了 Mr. Right，开始谈婚论嫁，然后在2011年的春天决定搬走。于是，我也在离新公司很近的地方，重新找了一处房子，又开始了一个人住的时光。

20岁的我曾经想，不要在一个地方住太久，这样就能不停更换住所，坐新的公交路线，去不同的街边花园和小吃店了。其实也没过去几年，我开始希望有个固定居所。不只因为身边的物件越来越多，搬家越来越累；内心也对安定的生活的渴望，渐渐胜过对未知的好奇。

在2011年将要结束的时候，我遇见了我的 Mr. Right。他出现的时候并没有"叮咚"响一声，不过你很快就会在内心确定他是"对的人"。第二年底，我搬进了现在的房子，开始了与原生家庭不同的另一种家庭生活。再后来一年，生下了可爱的宝宝。有了孩子以后，就彻底没办法独身一人了，甚至很少时间独处。家庭生活偶尔也会有摩擦争吵，不过终究是温暖平静地覆盖着我。

掰着手指头数数自己在北京流浪过的房子，一只手都数不过来，它们分散在北京城的东南西北角，都能连成一个多边形了。刚开始独立生活的那几年，因为际遇与空间的快速变化，在回忆里被拉长，占据了我生命中很大一个成长段落。正是那段时间，让我学会如何面对孤独，如何照顾自己，如何整理情绪，如何在灰暗的低谷里一边歌唱一边等待阳光。那些流过的眼泪，清醒度过的夜晚，都是有意义的。

再见，那些我流浪过的房间。再见，当年那个用力成长、勇敢承担的自己。

逛小店，遇见物，遇见自己

西西／文

想在一个店铺里住下来，大概是店主最爱听到的话，那代表，你还会继续来，而且不只是来买东西。这是网络商店永远无法企及的高度，触摸、联结，对人来说，真是很要紧的事情。

Lost&Found 是一家出售家具、原创设计衣物以及生活器物的店，它位于北京国子监，中文名叫"失物招领"。创始人是"雕刻时光"的老板娘李若帆，她曾提到，希望更多人能够以"惜物之心"来选择自己的家具和生活用品。"惜物"两个字，包含了爱、谦逊和悲悯，透出"克难、乐观、简朴"的生活态度。

走进失物招领的店铺，厚重的旧式木桌上面放着手工织物；头顶是老榆木的房梁，垂下大大的灯泡；迎面的屏风、圈椅、案几，玻璃幕墙隔出的天井里停放着的一辆80年代的铁制儿童三轮脚踏车，铝制的板凳像是父亲用工厂剩下的材料手工制作的……依次出现的陈设和物品，陌生又熟悉的感觉，让人浮想联翩。

失物招领的店主喜好旧物，用于摆放日文原版杂志的，是老式图书管理员用的手推车，因长年使用导致的磨损和泛着木质光泽的表面相得益彰，透着人情味的古朴；还有放着店招的黑锈斑斑的铁皮桌，让人眼前浮现一家大小围着它吃饭的画面；天井的旧浴缸里长着杂草和薰衣草，郁郁葱葱。

旧物能让人回到失去的时光中，获得独一无二的私感体验，这也是店里家具设计的灵感来源。店铺更深处，齐家书柜、圈椅、沉香卧室柜，低调沉稳，现代感中透出的传统元素，让人倍觉亲切。茶几上的铁艺框里放着苹果，角落的木质衣架挂着可供出售的衣物，让人恍惚觉得这是一个真实的家，有人正生活在这里。

物让人产生情感，人让物变得有故事，在失物招领这个安静的空间里，完成了第一步，而剩下的，都将由顾客自己来完成。这场互动，即使离开这个空间，依然藕断丝连。

说到对物的细节精益求精的店铺，还得数日本。比如茑屋书店，这家位于东京代官山的全球最美书店之一，日日门庭若市，学生、上班族、艺术家、诗人，都可在这里寻得全然属于自己的角落，待上一整天。

茑屋书店的外观设计由原研哉亲自操刀，外墙视觉低调简约，人们会将视线更多地放在书店及书上。这里最让人觉得贴心的是，回归到一家书店的真相，供人阅读、学习、落脚。咖啡区域有供人学习的大长桌，摆放着各类杂志可供取阅，人们

在这里学习、写稿、做方案，遇到难解的问题，随手就能拿起一本杂志来找灵感。

如果说，失物招领旨在营造一种怀旧的感觉，让人通过旧物产生情感涟漪，进而去欣赏当下的产品，那茑屋书店则更为丰富地呈现了生活方方面面的可能性，只是都与阅读相关。大的空间里面，由书架区隔开来无数的小空间，与外相连又自成一体，像一个个的迷宫，一直延伸到书店尽头，引发人持续不断的探索欲望。小空间又有不同主题，以北欧生活为主题的书屋空间，中岛展台会放置白底绿花碗盘、美食生活书籍、玩偶、香薰、花草茶、笔记本等文创类产品，四周的书架则摆放了各国的生活美学书，时不时能在书架上找到与涂色书摆在一起的手工香皂，与旅行书放在一起的悬疑作品，想必是陈设师

在某次旅行途中读过那本小说吧。

莴屋书店最被人称道的是那条杂志中央专柜，这里一定会是杂志发烧友的天堂，但更令人感觉贴心的，是在一大片杂志区域的小角落，有个木质多宝格里放着迷你名著折页。大概读杂志的人都不太爱读大部头，所以会有150日元一份的小翻本，大多是芥川龙之介、夏目漱石等的作品，非常便携，夹在杂志里，在看杂志的同时还能看一篇短的名著小说，也算一个不错的搭配了吧。

落地玻璃窗旁边有书桌展台，摆着金属书签、小便签本、一本自由随性的手绘作品、皮面笔记本和各类钢笔，都是我们书桌前需要的东西。坐下来的时候，也难免会突发奇想给一个远方朋友写张明信片，自然，明信片也会展出与售卖。

莴屋书店任何一本书，读者都可以拿至咖啡区免费阅读，时不时出现的休息区，都有种回家的感觉。书店售卖的是物，体贴的却是人心。在这里，你可以毫无顾忌地阅读、思考，或者什么都不干，又怎会不想在这个空间住下来呢？

潇然:
在城市中央,
布置一个自然野趣的家

"我和男友都向往自然野趣的生活,所以布置的时候就希望房间充满绿植,假装生活在山林里。"

蜜思　　先向读者们打声招呼吧!

潇然　　我是潇然,书籍设计师一名,喜欢绿植,喜欢旅行,喜欢手作。给自己的家命名为"入山",工作之余经营着"入山"公众号,分享创意生活美学。前段时间学习了花艺,所以除了书籍设计之外,也做一些花艺方面的设计工作。

蜜思　　这么多元的身份,那每天的工作和生活状态是什么样的呢?

潇然　　创作和生活更多是融为一体的吧,每天做好早餐,摆

盘、拍照、分享，用早餐记录一天的开始。工作日会做书籍设计，与客户沟通交流，偶尔去印厂盯样。每周去一次书店与花市，调研市场汲取营养，周末的时候更多时间花在花艺设计与家居布置上，也经常会扫街，从各个方面汲取创作灵感。

蜜思 　向我们展示下你的"入山"吧，真的是在山里面生活的样子吗？

潇然 　其实是个比喻啦，我和男友都向往自然野趣的生活，所以布置的时候就希望房间充满绿植，假装生

活在山林里。这个房间是个小loft，因为喜欢loft空间的自由灵活，可发挥性很大，风格目前看来大概是混搭风、自然风、杂货风吧。我希望在里面布满自己喜欢的一切。

房间里最多的点缀是绿植和花朵。客厅摆满了绿植，我家猫miumiu有种在动物园散步的感觉。而娇艳的花朵会明媚整个房间，花买多了，就倒吊起来做成干花，有时还会特意买些天然的干燥花材来制作干花。无论是明媚娇艳的盛放，还是低调内敛的静谧，花朵的各种形态我都爱，各有其美妙。

房子是租来的，所以我们自己动手里里外外改造了一番。入山厨房作为美食诞生的地方，是房间的一个重点。橱柜本身是灰色的，棚顶比较低，于是统一贴了白色橱柜纸，提高厨房整体亮度；又有效利用楼梯的斜角错落安置了两个隔板，把家里的五谷杂粮、瓶瓶罐罐、常用的砧板有效地排列起来，取用方便。

假期很喜欢请朋友来家里做客，布置餐桌也是我最喜欢干的事，不同的餐盘搭配不同的纸巾和餐布营造各种美妙的氛围，一切都貌美如花欢愉融洽。

蜜思　　有没有一些操作简单又能让房间美好指数大提升的小技巧，分享给大家？

潇然　　首要就是做好软装饰吧，首推绿植，经济实用效果好，使空间多一些自然的灵气。

另外，对于租房来说，布置时省钱还能出效果是宗旨。我们平时会淘一些好玩又便宜的器物装点房间，比如10块钱淘的木凳，让花花草草、小动物排排坐；更爱自己动手改造。比如房东留下来的冰箱，原本是铁灰金属色，放在客厅里很不协调，于是就包了黑板纸，耍酷的同时兼具功能性，没事留个言画个小画也很方便；从市场买的紫藤树苗没养活，就刷白做了衣帽架，还颇具艺术感，当然主要是装饰功能，不会挂特别多的衣服；还用树枝在门厅做了包包架，取用方便。

蜜思　你最喜欢家里的哪个角落？

潇然　我最喜欢的角落是沙发这里。喜欢收集海报，用海报装饰墙面，海报风格也常换；朋友来家里做客时，搭配好平时收集的杂货、餐布，摆上新鲜水果、娇媚花朵、手作点心，茶几就秒变甜品台，希望这样欢乐与热闹的氛围能够温暖明亮每一位来客。

沙发后面的树枝落地灯是男友用我捡的树干做的，在顶部夹了一盏宜家灯具，我俩都觉得还蛮搭调的，特意做了一个小小的摆台，放了一盆多肉植物（真是不放过任何一处可以用绿意点缀的地方啊）。夜晚的时候点亮这盏自制落地灯，两个人窝在沙发上看电影，抱着miumiu，惬意又安宁。

蜜思　　<u>租住进来之后，你花了多久让房间变成现在的样子，如今它是你理想中的状态吗？</u>

潇然　　因为生活一直在继续，所以从入住到现在的一年时间里一直在装饰，目前的感觉是温暖的绿意空间，但也会觉得有些满了，所以学习适度与优化是现在要修习的事情，接下来想要家里变得精致与安静起来，绿植的摆布也希望更具自然与创意性些。

目前的家还不是理想中的状态，因为是租住的房子，只能做些软装饰，家具也没有买很多。理想中的空间，希望从家具到软装都更具协调感、更具自然创意与精致感，是个沉稳耐看温暖的家。

蜜思　你对将来有什么样的计划呢？

潇然　希望有一间属于自己的杂货铺，售卖一切美好事物，涵盖杂货、鲜花、甜品，等等，或者说是一种生活方式的分享吧，在向这个目标努力着，花艺设计已经是在做的事情了，其他需要的技能也在学习、积累沉淀中。

第6章

聆听你
内在的声音

回归身体，重新倾听自己

彭浪／文

有时候觉得遗憾，很多基础层面的认识，原本从小就应该学习，却只有遇到问题时才能清醒觉知。

比如，"生活"才是人生的基础层面和最终目的，我们终其一生，每一天，无非都是在生活。可从小，我们都把"生活"当作"工作"或是"梦想"的对立面，看不起它，逃离它，以为自己不需要它。

比如，身体是我们一生活动的基础，我们却以为它是理所当然的存在，从来没有花时间去倾听它，了解它，好好地运用它。

好好运用身体，可不是跑个步锻炼一下，或者不要熬夜这么简单的事情哦。你体会过深沉的一呼一吸吗？你感受过与人拥抱时传达的情谊吗？你专注地倾听过吗？你细细品尝过哪怕一口苹果的味道吗？你可以真正自如地运用你的肢体语言吗？你开心或是难过的时候，你的身体能够体验并传达出你的情感吗？你有那么一时一刻，感觉到你的身体真实地存在着吗？

身体也是需要学习的功课，唤起我意识的，是《回归身体》这本书。书中，云门舞集以四十年的舞蹈艺术经验开创出云门舞集舞蹈教室教学系统，从身体上帮助大家"认识自己"："一直以来，我们强调自身智性的发展，却忽略身体的重要性；总是向外追求成绩，却忘了往内探索静定的力量以及人与人之间温暖接触的感觉；我们甚至很少拥抱，不会呼吸，失去了重心，也丢掉了安静与专注。"书中八堂身体课，从自己与身体的关系出发，谈拥抱的力量、呼吸的美学、重心的困扰、安静的滋味、专注的迷人、跌倒的启示，也谈亲密与陪伴。

说来惭愧，我是真的看完这本书才意识到，原来，我在呼吸、拥抱、走路或跌倒，甚至安静地待在那儿什么都不做的时候，都在使用着身体。原来，我一天的24个小时，每一分每一秒都是身体在支撑着我、容纳着我。为什么以前，我只有剧烈运动的时候才感觉得到身体的存在，只有到生病的时候才意识到要好好照顾身体呢？

很荒谬不是吗？但这难道不是很多人都面临的现实？

书中得来终觉浅。对身体有进一步的了解和体悟，则是这几个月开始习练瑜伽之后。几年前，我也曾办过健身房的年卡，跟着练了一段时间的瑜伽，那时，瑜伽在我心目中，和健美操、肚皮舞一样，无非就是一种能够减肥变瘦的运动而已。虽然老师也会强调呼吸，但更多时候，我们都是在拗各种体式，练完之后，出一身汗，浑身酸痛。一方面觉得自己终于运动了，心里颇觉安慰，另一方面，又要时时和自己的懒癌做争斗。后来，去的次数越来越少，直至健身卡彻底报废。

《回归身体》让我开始觉知到身体的存在，但对身体已经麻木的我们，在缺乏引导的情况下，真的很难自己将它唤醒。一度非常想去上云门的舞蹈课，可惜，这样好的身体教育机构，在内地只有苏州诚品有一家分店。很庆幸，这时候遇到了一个很好的瑜伽老师。

这位老师是我们小区的邻居，是一个小朋友的妈妈，是一个爱做菜懂生活的优秀主妇。更重要的是，她习练瑜伽十年，瑜伽早已融入她的日常生活。最初是身边的朋友跟着她练，慢慢学生多了起来。但老师并不想以此为主业，她只是想和一群朋友，一起练一辈子的瑜伽而已。

我记得，刚开始学的时候，老师就强调，每个人的身体都是不一样的，不要和别人比，而是感受自己能做到什么程度就好。真的，在这样的心态下，我每次练完，都觉得走路轻飘飘的，身体好似轻盈了许多，再也没有像以前那样腰酸腿疼过。

除了了解自己的身体极限，习练瑜伽还有一点让我收获颇深，那就是，正确地使用身体是需要方法的。每一个瑜伽动作，都不是我们看上去的那么简单，必须精确地启动哪一块骨骼，哪一块肌肉，都是有讲究的。而我们平日里的随意动作，其实让大部分的肌肉和骨骼处于闲置状态，又让某些部分比如脊柱处于过度疲累的状态。练习，不是为了过度消耗身体，恰恰相反，是为了让身体回到正常的位置，得到最好的休息和滋养。

瑜伽课上，当我把手掌的五指张大，我才感觉到原来每一个指头都有它的力量；当我把脚踩实地面，我才发现原来我的脚甚至每一个脚趾都是真实存在的。

老师说，瑜伽分为八支，分别是制戒、内制、体式、呼吸控制、制感、专注、冥想、入定。因此，瑜伽不止存在于课堂上的体式，也存在于生活的方方面面，衣食住行。当我们对身体有了觉知，对身边发生的一切也会有更强的洞察力。有觉知地生活，便不会暴饮暴食，也不需要控制饮食，身体会告诉我们它需要吃什么；有觉知地生活，便不会想要变成别人，而是尊重生命本来的样子，活出自己。

很遗憾，这些基础功课，三十岁才开始了解；也很庆幸，从三十岁开始，终于对自己的存在，有了那么一点了解。

《阴道独白》，身体不该是羞耻的秘密

yoyo / 文

大概是五年前的1月1日，一个非常寒冷的北京冬天，我去看了一场话剧，它的剧名因为审查机构无法通过而被修改成英文字母，但却带给我极大的震撼。

这出剧叫《阴道独白》，媒体上称《v独白》，在一个叫作木马剧场的小剧院里演出，舞台上只有三名女演员，底下却坐满了观众。后来，我很多次地将这部剧推荐给身边的姐妹们。

光听名字，就能猜到这是出话题大胆的实验戏剧。它用独白的形式，讲述了9个与阴道有关的故事。美国女作家伊娃·恩斯勒（Eve Ensler）通过采访200多个不同群体的女性，了解她们关于阴道的感受，在此基础上创作了这部戏剧。20世纪90年代在美国公演，即刻引起巨大反响。国内版导演王翀，几乎原封不动地将剧本引入国内，仅靠口碑在国内公演了一轮又一轮，场场爆满。

这出戏并不女权主义（在我看来），也不意识流。相反，观看的过程中我被故事深深地吸引。这些故事的讲述者有72岁的老人，有十几岁的女孩，有被强暴的妇女，也有性工作者。阴道，在她们的人生故事里承载着极为重要的角色，甚至改变了整个命运。

一位老人，她把阴道看作是让她"倒了大霉"的罪魁祸首。少女时的她与初恋男友在车中接吻时，阴道流出的液体粘在了车椅上，被男友嘲笑像"馊了的牛奶"，并就此分手。从此，与任何男人约会她都会紧张，害怕阴道的"洪水"让对方觉得她是"那种坏女人"。她从来没有看过她的阴道，也从来没有体验过性高潮。后来她得了癌症，切除了整个子宫，"下水道已经永远堵住，什么也不会流出来了"。

在72岁时，她去接受心理治疗，在医生的鼓励下，一个独自在家的下午，她点上蜡烛，洗了个澡，打开音乐，开始寻找自己的阴道。她说，她花了一个多小时来干这件事，因为她有关节炎，腿脚不好。最后，当她终于发现自己的阴道时，她，哭了。

"我的阴道是绿色的、流水轻盈的温柔田野。在那里，母牛哞哞、夕阳休憩，可爱的男朋友用金色的稻草轻轻地触碰着它。"这是一位波斯尼亚妇女的独白，这个故事的背景是在1993年的中欧地区，有两万到七万名妇女遭受强奸。"自从那连续七天的轮奸，我就不再碰；那里发出粪便和腌肉的臭味，我变成了一条有毒的河，一条流淌脓汁的河。所有的庄稼都死去，所有的鱼都死去。"如此生动的比喻，让你仿佛看见一个生机勃勃的村庄，在烧杀抢掠之后，沦为一片无人生存的废墟。

剧中也有一些可爱的让人愉快的故事。剧作家问一个六岁的女孩说："如果要打扮你的阴道，让它穿什么呢？"她回答："红色运动鞋、纽约大都会棒球队的球帽，扣在后脑勺上。"还有一个很漂亮的年轻女人，她生来没有阴道，于是她的父亲带她去医院装上人造阴道，并安慰女儿说："没事儿，亲爱的，这算不了什么。等将来你遇到你丈夫时，他就会知道，我们专门为他做了这件事。"

不管在哪个国家、什么年代，"阴道"都是个忌讳的词语，她是女性身体的一部分，却承载着难堪、羞耻，甚至厌恶。即使被谈论，也都是秘密地说，私下里说，含糊其辞地说。这是我第一次在现场那么多次地听到这个词。剧中有一段，女演员发动现场所有观众跟着她一起喊出"阴道"，从刚开始的零星几个声音，到最后剧场充斥满这个词，那一刻，我内心的震动通过胸腔的共振与嘴唇的张合迸发了出来，它们因此不再是隐匿的私密感受，而成为有形的可实践的力量。

要破除禁忌，首先要做的，就是大声说出来。那些从不说出的东西，反而成为带有羞耻的秘密，被扭曲放大。正如剧作家恩斯勒所说："随着更多的女人说出'阴道'这个词，说明它就不再是什么不得了的事。它成为我们语言的一部分、我们生活的一部分。我们的阴道变得完整、可敬和神圣。它成为我们身体的一部分，与我们思维相连，点燃我们的精神。耻辱消失，暴力终止；因为阴道是看得见的、真实的；它们与强大、智慧、敢于谈论阴道的女人们相联系。"

对于性，对于身体，刻意回避，或毫不在意，都不是最好的态度。

《阴道独白》最后一幕是一首诗—《我曾在那个房间》，
献给所有的女性，因为我们所有人都来自于那个温暖的房间：

心有能力牺牲，

阴道也一样；

心能够原谅和修复，

它能改变形状容纳我们，

它能扩张让我们出去，

阴道也一样；

心能为我们疼痛、为我们伸展、为我们死，它流血，

而流血是为了我们进入这个困难的奇妙的世界，

阴道也能够；

我曾在那个房间。

我记得。

不知道干什么，就去跑步吧

西西／文

一个从小体育成绩就不好的人来说关于"跑步"的话题，不免贻笑大方。但偏好营造意识氛围的我，总是固执地认为，如果对某一事物有切身经历，同时又有些实际的体会，即使不擅长或是精通，也可以用语言或者文字呈现并分享出来。一是梳理已产生的零碎感想，慢慢就会形成自我的逻辑认知体系；二是表达交流的过程中，会产生更多认识世界的细微角度。

童年时代，我就是个不爱运动不爱出门的宅女，体育成绩基本不及格，可能是从小就和偏好安静的奶奶生活在一起的缘故。整个暑假，我可以待在家里一遍一遍看《新白娘子传奇》，不知道是不是运动少的结果，近视、散光、身材矮小、挑食、弱不禁风成了大人们给我贴的标签。我曾因从一年级到六年级都坐在教室的第一排而痛苦不已。

直到后来念大学，这种情况依旧没有改变，身高最终停留在158厘米，我不止一次听到同学们这样说：你皮肤蛮好的，就是肤色不太好；你看上去挺瘦的，就是大腿有点粗。

真正让我开始"跑步"的"导火索"应该是：一、常年坐在电脑前，腰部和大腿的肥肉堆积到了个人渴望改变的程度；二、颈椎和腰椎疼痛的频率越来越高，还没过30岁，真的不想未老先衰；三、睡眠不好，时常感觉无力、疲惫，亚健康严重，幸福感低。

坦白讲，我也是从最近一个月才开始跑步的，之所以选择跑步来作为运动的方式，是因为首先我觉得跑步的成本比较低，真的不想花几千块办一张健身卡，每个月还去不了一两次，运动不是心理安慰，而是要让它切实发生；其次我认为跑步相对比较简单，一件上衣和运动裤，一双轻便的运动鞋就可以上路，也不需要什么器材（除非买个跑步机放家里），只要掌握起码的运动法则，不要过度拉伸肌肉，基本不会出问题；最后，情感上来讲，跑步是很单纯的行为，双脚一步一步往前迈进，像某种仪式，它让我感觉简单、踏实。

我是间隔一天跑一次步加一定强度的肢体伸展。跑步的长度，很简单，我家楼下有两个并排的小花园，绕着两个花园跑一圈的长度差不多就是200多米的样子吧（纯目测）。刚开始的几天我跑两圈，别看就400来米，也喘得不行，后来慢慢学着均匀的呼吸配合双腿的节奏，做到跑三圈也不会感到难受。跑完步，做一些肢体拉伸，头部腰部都活动起来，也能缓解一下双腿的压力。整个过程耗时30分钟吧，时段差不多就是晚上九点半到十点之间，刚好是我吃完晚饭2个多小时后，跑完步休息一下，洗个澡，十一点就可以睡觉了。

由于我很少运动，所以要一下子达到什么效果基本属于妄想。如果你跟我一样，就别指望跑几天步就能瘦腿，做几天有氧运动就能肤色好，而且我这个强度算很低的，只因运动也要"量体裁衣"，清楚自己的基础。起点低不要紧，行动和坚持才更重要，而未来的无限可能性往往由后者决定。

　　跑步让身体发生的变化，除了生理期的疼痛有不错的缓解，其他的确实没有太大的感受。但流汗带来的身体畅快，倒是能顺便带来一些好的心情，也能给睡眠提供些保障。我想对于一个长年不运动的人，有这一点已是很令人欣喜了。

　　跑步看似是简单的有速度的前后脚交替，实则包含了身体内外的协调之美，呼吸起伏、手臂的摆动与双脚的配合，精神的全然集中，像回到人类最初的简单的行为本身。乍一看，跑步多无聊，但我隐约感觉到它无聊的背后更为专注的力量。

一个人的时光
像下雨，打湿你也滋养你

yoyo / 文

不知你有没有过，害怕孤独的时候。

在漫长的青春岁月里，我曾经很抵触一个人自处。高中的时候，同宿舍的三个女孩玩在一起，如果她俩太亲密而让自己落了单，内心就会难过好一阵。不喜欢一个人去食堂吃饭，宁肯打饭回宿舍吃。那时候，连课间休息去洗手间，女孩子们也是要约着一起的。总是迫不及待地抱成团，生怕一个人显得太孤单。

但再抗拒，也会有很多需要独自去面对和慰藉的时光。比如，年少的暗恋心事，要在晚上熄灯之后打着手电写进日记本里；临近高考前的复习，必须顶着巨大的压力孤军奋战；好不容易上了大学，可以谈着恋爱出双入对了，但人生又总有失恋的时候。

我至今觉得人生中最难对抗的一段孤独，是在某一年的冬天，经历了一场巨大的失恋之后。那时候，我刚换了新工作，

　　每个女孩都是生活家

搬了一处新家，陌生的环境不会触发回忆，却好像加剧了孤独。在上下班的间隙里，我给自己安排了很多的活动和聚会。可是在外面越是热闹，越害怕回到房间时的安静。起初，一个人的时候就像置身于黑洞，时间被无限拉长，滴答滴答，每一秒都像一个世纪那么长。

那段时间里，我看了好多本关于孤独的书，最喜欢读蒋勋的《孤独六讲》和素黑的《一个人，不要怕》。蒋勋的书里有段话："孤独没有什么不好。使孤独变得不好，是因为你害怕孤独。当你被孤独感驱使着去寻找远离孤独的方法时，会处于一种非常可怕的状态；因为无法和自己相处的人，也很难和别人相处。"

因为离公司不远，每天下班后，我就用半个小时一路沿街走回家，从冬季的盏盏孤灯，走到春日柳条抽芽，夏夜凉风习习。什么是孤独，一个人走一段路，那就是孤独了。在那些经常一个人走路、跟自己对话的日子里，我渐渐治愈了失恋的伤痛，内心也变得平和起来。

于是，孤独变成了我周围的空气，独处的时候，我不会觉得有什么不一样。反而是在交集甚少的人群里，会想回到一个人的空间。一个人时的自在，以及这时候产生的自我觉知，要比热闹人群里由他人映衬出的存在感，来得更充实满足。

在组建自己的家庭，尤其是生了孩子之后，生活被家庭成员、大大小小的琐事填满，再不像单身时有大把时间可以任意支配了。独处，成了比情人节的手写情书还要稀罕可贵的事物，也成了我时不时想要把头伸出水面去呼吸的那口新鲜空气。

跟另一半商量好，每个月每人都可以享有一天的假期，自由安排想去的地方、想做的事。但即便不在这一天，只是一个人在房间里安静会儿，去楼下散散步，去附近咖啡馆喝杯咖啡，一个人去看场电影，也是难得而惬意的独处。

它们对我有多重要呢？

当我终于从温暖拥挤如一团雾气笼罩的家庭生活里抽身时，就像是一只在温水里待了太久的青蛙，重新回归到自然，浑身的清凉与自在。只需要待一会儿，就又能攒满能量，去耐心面对生活里烦琐重复、永无止境的日常事务了。

金鑫：
身体的变化，
在练习中自然而然地产生着

"印象很深的一次是做俯卧鸽子式，保持了很长时间，起身的那一刹那眼泪噼里啪啦地往下掉。后来读到马克思·斯多姆的书《生命之光》中写到身体和情绪的关系，才知道原来是身体打开了，身体里积存的情绪会释放出去，这种感觉非常棒！"

蜜思　　先向读者们打声招呼吧。

金鑫　　大家好。我是金鑫，"澜心瑜伽"的创始人。正在做的事情就是，经营好一间专业极简的瑜伽工作室，做好一名专业的瑜伽老师，把更多更有用的瑜伽知识分享给大家。帮助大家改善身体状况，真正地认知身体，认知自己，然后更好地生活。瑜伽是生活。

蜜思　　你是从什么时候开始对瑜伽有兴趣的，又是在怎样的契机之下创办了"澜心瑜伽"？

金鑫　高中毕业、上大学之前开始练习，那时候只是好奇吧，断断续续地练了三四年。然后那间瑜伽馆的老板问我想不想做一名瑜伽老师，想都没想就答应了，这样培训之后就开始兼职教课了。大学毕业之后去做记者，瑜伽老师这个兼职也一直持续着。忽然有一段时间，我觉得自己在瑜伽教授上遇到了瓶颈，想要教出更多的东西，却发现自己并不太了解瑜伽，于是就去悠季瑜伽学院进修了。这段时间的学习，突然打开了视野，让我对瑜伽有了更深的认识，也是瑜伽的这种深远庞大的知识体系深深地吸引了我。那时候开始觉得要深入地去学习瑜伽，然后把这些珍贵的知识分享给大家，所以才完全踏入瑜伽这个行业的。

创办"澜心瑜伽"，是因为当时跟合伙人一拍即合，什么都没想就决定做了，也许就是因为想得少，开始的才比较容易吧。之后遇到各种各样的困难，遇到了

解决它，然后一步一步地走到现在，非常辛苦，现在
回想起来已经觉得没什么了。

蜜思　　在练习瑜伽的这些年里，你的身体产生了哪些具体的
　　　　变化吗？

金鑫　　我属于不太跟自己较劲的人，始终坚信持续不断地练习，
　　　　收获一定会有。也不太羡慕那些瑜伽体式做得非常好的
　　　　人，因为每个人的身体素质不一样，我觉得能够正确地认
　　　　知自己的身体，去接受它、爱它，比什么都重要。

　　　　刚开始练习的时候，我是属于身体非常僵紧的那一
　　　　类，每节课都会有自己做不到的体式，做到哪儿算哪
　　　　儿，去观察而不是较劲，这个状态反而让我进步非常
　　　　快。后来看到《瑜伽生活禅》这本书里香港的Janet老
　　　　师就说，如果在习练中总是超过自己的极限，身体会
　　　　产生压迫，这种压迫反而让体式没办法加深，真是非
　　　　常赞同！

我的髋关节非常僵紧，印象很深的一次是做俯卧鸽子式，保持了很长时间，起身的那一刹那眼泪噼里啪啦地往下掉。后来读到马克思·斯多姆的书《生命之光》中写道身体和情绪的关系，才知道原来是身体打开了，身体里积存的情绪会释放出去，这种感觉非常棒!

学瑜伽的初期，因为错误的练习把腰椎伤了，这伤两三年之后才好，所以之后练习后弯时我会格外地注意。有一次在自我习练的时候，做了很多的准备，然后尝试了深度后弯练习，忽然觉得胸腔的某一段"啪"地一下打开了，就像一个开关突然启动，然后身体的这个大机器开始自由地运转，那种感觉真的太喜悦了! 在练习瑜伽认知身体的过程中，不断地会有惊喜出现，真的，只是去观察就好，没有任何评判没有任何期待，这一切就自然而然地产生着。

蜜思　　你日常的工作和生活状态是什么样的？

金鑫　　虽然最近一年一直都忙于工作，但尽量会把工作和生活分开。工作的时候还蛮拼的，上课时，注意力需要非常地集中，才能准确地看到学员们身上的问题，然后去帮助他们解决这些问题。为了准备workshop（研习会），每个月需要看三四本瑜伽专业类的书，需要不断地补充知识才能准备出更专业的课。

生活状态会比较放松，喜欢摄影，喜欢阅读，喜欢喝咖啡，喜欢做一些和瑜伽没有关系的事情来换换思维，这样能让头脑更放松一些。我还有一只狗狗，每天和狗狗一起散步，听音乐，或者什么都不想，只是享受走路。

一周里，星期一到星期六每天大概3节课左右，工作室的课、私教课或者企业课都有，有时工作室有其他的老师上课，我会去处理一些工作室运营的事情，琐事

很多。星期日上午是固定的workshop，下午有时还会
有课。

最忙的时候，一天里大概8:00起床吃早饭，有时间的
话，我会去工作室自我习练，打扫卫生。10:00是工作
室的第一节课，12:00第二节课，大概14:00吃午饭，
15:00第三节课，下课后会去楼下最喜欢的咖啡店喝咖
啡，做一些需要写的工作，19:00最后一节课，结束后
收拾工作室，发呆或者冥想，然后回家遛狗休息。

蜜思　　对你而言，瑜伽是生活中最重要的事吗？

金鑫　　我觉得应该是吧。现在瑜伽是我的工作，也是我最热
　　　　爱的事情，是瑜伽教会我平衡地生活，包括工作和生
　　　　活的平衡，所以是不是很幸运呢？但我觉得更重要的
　　　　事应该是爱吧，这也是在瑜伽中参透的。热爱所做的

事情，去爱周围所有的人，会发现所有纠结拧巴都会慢慢地迎刃而解。

蜜思　　<u>除了瑜伽，你还有其他喜爱并坚持的运动吗？</u>

金鑫　　认认真真地想了下，好像除了瑜伽还真没别的呢。不过最近爱上了潜水，深潜的时候，在水底只能听见自己的呼吸声，看到自由的鱼和美丽的珊瑚，简直太美了！

蜜思　　<u>对于如何去认知觉察自己的身体，有没有一些好的方</u><u>法可以分享给大家呢？</u>

金鑫　　如果你在练瑜伽，那就把练习的期待放低，把节奏放慢，只是去觉察，这样收获会更多的。如果没有在练瑜伽，也没关系，你可以每天抽出5分钟的时间，只是去感受一下身体。比如在工作累了的时候，停下来，去观察一下肩膀是不是僵着，去感受一下你是否还能觉察到手指尖的感觉。就这样慢慢地去观察，你会发现很多问题，当发现越来越多的时候，就自然而然地想要改变，想要让身体的状态变好。

蜜思　你对将来有什么样的计划呢？

金鑫　工作计划：今年的重心会放在工作坊上，多跟大家分享一些关于瑜伽的干货，让大家全面地去了解瑜伽。还有写作，通过文字来和大家分享，也是一个我特别喜欢的方式，写自己的体会和经验，希望对大家有用。还会拍摄一些视频，主要是教大家如何避免错误的练习，因为正确的练习才会有效啊。

生活计划：考潜水教练证，坚持摄影，拍摄自己喜欢的片子，慢慢找到自己的摄影风格。

第7章

练习一个人，
也练习爱

在你的城市，你是不是只有一个人

彭浪／文

《重庆森林》里有这么几句台词让我念念不忘：

"每天你都有机会和别人擦肩而过，你也许对他一无所知，不过也许有一天他会成为你的朋友或者知己……"

"我们最接近的时候，我跟她之间的距离只有0.01公分，57个小时之后，我爱上了这个女人。"

"我和她最接近的时候，我们之间的距离只有0.01公分，我对她一无所知，六个钟头之后，她喜欢了另一个男人。"

喜欢王家卫的电影，从这几句话开始，城市里人与人之间的缘分、错过与疏离，他一刀命中。

我们最早认识的人是父母和亲人，这是血缘关系带来的必然；后来，我们认识邻居家的小伙伴，认识学校的同学，认识单位的同事，虽有不少选择的余地，但也受制于你的家庭出身、生长环境。直到有一天，你被抛掷到大城市的滚滚人潮当中，你茫然四顾，觉得这个世界既熟悉又陌生。任何一个人都可能走入你的生命，任何一个人也都可能与你擦肩而过。这就是人生的奇妙之处。

这样的奇妙也发生在我自己身上。2010年12月9日，我去北京西直门外的奇遇花园咖啡馆参加了一个名为"拐点剧场"的戏剧表演工作坊。之前我参加过很多活动，看话剧，观影会，讲座，有时呼朋引伴，有时独来独往，但几乎都是以听和看为主，没和陌生人有过什么交流。直到这一次。

活动文案写道："人生绝不是平淡得像一碗白开水，机遇会悄悄地来，也会在你还没有来得及行动的时候悄悄地走。当你猛醒的时候，一切刚刚过去，扼腕痛惜。我们多么希望自己有一双明亮的慧眼，好好把握自己的历史机缘。"

我虽然热爱看话剧，但觉得自己是个性格内向的人，完全没法放开自己去表演，但很奇妙，看到这个活动，心里一动，有一种想要尝试和改变的愿望。隐隐觉得是一个契机，但我又不知道它会通向哪里。

最终，在奇遇花园，拐点剧场，我找到了自己人生的另一半。谈了恋爱，结了婚，直到现在。

当然这是小概率事件，却让我想明白一个问题：为什么小城镇出生的我们，努力学习来到大城市，即使每天吸着雾霾也不愿意回去。因为，城市能带给人多少孤独，也能带给人多少机遇。

是啊，我想城市里的很多人都会有觉得孤独的时候。不一定是因为单身，也可能你有家庭孩子，可是你的某个兴趣爱好没有人分享的时候，你同样会觉得孤独。你会不会有时感叹，这偌大世界茫茫人海，怎么就找不到一个可以和我共度此生（或是谈论文学/电影/音乐/旅行/手工/烹饪……）的人呢？

不是没有，是你没去找。这个城市这么大，最大的好处是什么样的人都有啊。只要你去找。可如果你不发光，又怎么会被人看到？不要等着被人爱，被人拯救，被人发现，被人赞赏，你遇到的每一个人，都是你自己找来的。

甚至走出去寻找，也不见得是为了找到谁。不为任何目的，只是单纯地想要敞开自己也好，毕竟，只有敞开的心，才

能从外界吸收新的东西。

如果你想从一个人的世界出走，如果你不想错过这个城市里奇妙的机缘，不妨试试做这些事，这些也是我过去几年里持续在做并带给我很棒的体验的事情。

找到自己的兴趣，去上课学习或在家练习，再把学会的写成文章分享出去。人的精力毕竟是有限的，越是感兴趣和擅长的事物，越是能在生活中展现出自信和光彩照人的一面。而有品质的分享会让更多的人了解你，也会让欣赏你的人找到你。自从开了"蜜思"公众微信号持续写作之后，通过这个平台认识了很多天南海北的朋友。

多参加注重深度交流，有讨论和发言的小型活动。年轻的时候参加活动多有崇拜心理，也容易贪慕虚名，总是拣人多的，嘉宾牛的活动去。这类活动当然也有收获，但多在开阔眼界。其实参加多了就发现，真正让你有成长的，不仅仅是别人说了些什么，而是你自己的思考、领悟，以及与别人的激发和交流。一些小型的读书会、观影会、讨论会甚至义工活动，都是很不错的选择。

尝试自己主办活动，建立自己的朋友圈。如果你所在的城市没有像北上广那么类型丰富的活动，那么，不如自己尝试成为一个组织者。办活动没那么高深，郊游、唱歌、看电影、交换书看，或是一起做饭，都是很好的主题。说明白你的爱好和你想找的人，发到豆瓣同城上，说不定就有奇遇发生呢。

遇到的那一刻，什么都不必多说，只一句："哦，原来你也在这里！"

没有最好的爱情，只有勇敢的陪伴

西西／文

"对于我们平凡人而言，生命中许多微细小事，并没有什么特别缘故就在心深处留下印记，天长日久便成为弥足珍贵的记忆。"这是《平如美棠》一书的作者饶平如老先生写下的一句话。

饶平如和毛美棠，这对普通的旧时男女，因父母世交、媒妁之言而走到一起。平如父亲取出一枚金戒指，经由叔伯给美棠戴上，他俩的订婚便是这样完成了。简简单单两个年轻人，他们一起做了许多事，携手走了一程，半个多世纪就过去了。

他们一起在南昌的湖滨公园乘凉，去彼时繁华的中山马路闲逛吃小食，到洗马池买款式工艺过时的"古董"饭碗，在路边买的梨、行至徐州歇脚时吃的油条、平如第一次吃的美棠亲手做的肉圆子，第一次小争吵……如此种种，都是平凡得不得了的日常琐事，在年过九十的饶平如笔下，娓娓道来，让人尝到如初恋般甜蜜的幸福味道。

平如和美棠相伴经历的岁月，是中国动荡不堪的日子，战场、死伤、别离，无不充斥于每个渺小又鲜活的家庭。新中国成立后，平如由于成分不好下放劳教，与家人分隔二十多年。在平如的书中，这段日子清苦，但并不绝望。美棠常写信，说起今天孩子上学如何，排队买菜，又烧了什么菜给孩子们吃，都是琐碎小事，但在他俩看来，这些琐细维系起来的日子，就是他们全部的生命。

在小说、戏剧和音乐中，爱情常常被谈论、书写和歌颂，它最为平等、最伤感、最无私又最伟大，它可以超越阶级、种族，更别说年龄和语言。富家小姐爱上穷小子的悲壮爱情，或是罗密欧和朱丽叶付出生命的爱情让多少人潸然泪下。而在现实生活中，爱情却常化为柴米油盐、难以名状的争吵和没有心跳的牵手，甚至一个坏掉的凳子、一本好久不读的书和一块心心念念的马蹄糕。

平如终于能与家人团聚。正是阖家团圆、儿孙满堂承欢膝下、共聚天伦的日子，美棠的身体却大不如前，渐渐失去了记忆……美棠神志不清的日子里，吵着要吃马蹄糕，平如骑车去好远的地方买，买回来，美棠又不吃了，她压根儿忘记自己说过什么，但平如却说，"我总是不能习惯，她嘱我做的事我竟不能依她"。

生活中是没有什么惊天动地的大事的，无非人事来去，婚葬嫁娶。爱情里能有什么波澜壮阔吗？想必有的人是有的。但你想吃马蹄糕，我就去好远的地方买回来给你吃，这样的爱情就很好；你去了好远的地方回不来，我就天天给你写信，告诉你我的近况，然后过好自己的生活，这样的爱情也很好。

哪儿又有什么了不得的爱情。有时候，长久的陪伴、关怀，可能才是所谓爱情里面最让人动容的样子，但自己也说不清，无论病痛、贫穷、变故仍旧彼此相依照看的感情里，又有多少爱情的成分。

这世上留下来的长久的爱，都不止于爱情。你不介意他的种种问题，他也不纠结你无法更改的缺点，因为爱情相识并相爱，又因爱情让我们萌发的善良，包容和理解而相守相依，在平淡无奇的柴米油盐等细碎里，给对方最大程度的照顾，在这个世间留下一点点微弱的光，我想这才是爱情给予人最好的礼物。

美棠去世后，平如将她的骨灰放在自己的房间里，希望自己驾鹤西去后与她一同下葬。老人家九十岁，凭着记忆，将他们的故事记录并画下来，十八本画册，看的人无不为之动容，"平如美棠"这四个字，多美的四个字！

白居易有句诗，"相思始觉海非深"，这句话好像只有放在旧时被说出来，才不认为是作、是装。它盛大、甚至壮阔，容不得一点轻描淡写、虚情假意，说出它的人，略有不真即可被识破。这句话，从饶平如的口中说出来，"思念一个人比海还要深"，却有种不动声色却撼天动地之感。

爱情，是遵从内心真实的欲望

yoyo / 文

有一场话剧我看过四遍——《恋爱的犀牛》。

2007年，在大学校园的活动中心第一次看到这场戏，作为话剧社团学长们的毕业演出。那是一个陈旧的舞厅，很小，甚至没有座位，地上铺满报纸，我们就盘腿坐在地上。学长们因为忙着毕业没时间排练，台词经常卡壳，舞台灯光简陋。但那天狭窄燥热的空间里，激烈的表达、动情的眼泪、执着的爱情，与青春的荷尔蒙一起，点燃了我对话剧的爱。

2008年，来到北京的第一个夏天，我买了50元的学生票，坐在北京蜂巢剧场的最后一排。剧场不大，因此每一句台词都清晰地打在我身上。我在爆笑的间隙里流泪，如此诡异，却愈发体会到戏中爱情的忧伤。整场看完，全身像过了电一般，有种难以形容的震颤。

2009年，在朋友的邀请下又去北大百年讲堂看了10周年纪念场。2012年，在保利剧院再看郝蕾、段奕宏的第1000场演出。我熟悉每一个场景，每一句台词，但对它依然没有免疫力。

在我看过了几十场各色各样的话剧之后，我依然最爱《恋爱的犀牛》。故事的情节其实很简单：动物园的犀牛饲养员马路，爱上了住在隔壁的公司小职员明明，可明明不爱马路，她爱艺术家陈飞。没错，陈飞也并不爱明明。这是两个偏执狂的无望爱情。马路为了明明，做了他所能够做的一切。故事的最后，他杀死了犀牛图拉，把图拉的心献给明明。舞台中央大雨如注，被绑架的明明蒙着双眼，爱情激烈又无望到只能在那一刻戛然而止。

记得这部戏的编剧廖一梅曾经说过，她喜欢写两类人的故事，一类是花花公子，一类是偏执狂。这两类人有截然不同的爱情观，但相同的是他们都遵从内心真实的欲望。在她看来，虚伪是比恶更坏的品质，因为它离真实更远。在《恋爱的犀牛》里，马路就是个偏执狂。

什么是偏执狂？就像马路的朋友们说的："过分夸大一个女人和另一个女人之间的差别"，"在有着无数选择可能的信息时代，'死心眼儿'这个词基本上可以称作是一种精神疾病。"所有人都劝马路：忘掉她吧！然而，众人散去，马路缓缓地说：

"忘掉她，忘掉她就可以不必再忍受，忘掉她就可以不必再痛苦。忘掉她，忘掉你没有的东西，忘掉别人有的东西，忘掉你失去和以后不能得到的东西，忘掉仇恨，忘掉屈辱，忘掉爱情，像犀牛忘掉草原，像水鸟忘掉湖泊，像地狱里的人忘掉天堂，像截肢的人忘掉自己曾快步如飞，像落叶忘掉风，像图拉忘掉母犀牛。忘掉是一般人能做的唯一的事，但是我决定不忘掉她。"

这是我最喜欢的一段台词。在爱情里，大多数人都会计算得到和付出之间的比例，找到一个明智的平衡支点，避免落入一个自己痛苦、别人耻笑的境地。然而马路没有，即使从未得到、失去所有，他依然坚定地对明明说："爱你，是我做过的最好的事。"

我是个爱情里的实践主义者。我曾经一见钟情，曾为一个人去改变，曾伤心落泪，但却做不到奋不顾身。如果求而不得，或者已然失去，我会转身离开，努力遗忘，像大部分人会做的那样。我之所以爱这部话剧，也许是因为我永远做不到如马路和明明那般执拗且极致地去爱。

或许也曾经有的吧。在少不更事时也曾爱一人至狂，享受到从未有过的快乐，却也同时痛到无法自已。于是，慢慢学会了理性，学会保留，学会许多恋爱的技巧。我们知道了如何避免爱带来的痛苦，却也离爱的本质越来越远了。

杜拉斯说过，"爱之于我，不是肌肤之亲，不是一蔬一饭，它是一种不死的欲望，是疲惫生活中的英雄梦想。"我喜欢对爱情、对人生心存偏执的人，他们能到达大多数人到达不了的新境界。

生命里总有一些东西，是你值得坚持，也可以坚持的。

找到它们。

偶然的相遇
让生命
如此美丽

彭浪／文

坐地铁回家，车门打开，有流浪歌手上来，在人群中弹起吉他。有人充满好奇地盯着他看，有人闭目养神，当他不存在。在疲惫的路途上听到音乐，我的内心充盈起一些柔软和轻松，也会有些觉得遗憾，毕竟这音乐在人群中的反响甚至不如一个乞丐走过。但他似乎不在意这些，只是自顾自地一边唱着，一边在拥挤的车厢中向前行走。

这一刻的相遇，在人生的海洋算不了什么大事，很快就会被淹没。但这一刻，我想起了那部叫作Once的电影，想起了那个街头艺人和卖花女的相遇故事。

那是爱尔兰首都都柏林的街头，一个中年男人，弹着破旧的吉他在街头唱歌。白天，他唱大家耳熟能详的歌曲换取收入，晚上没人听的时候，他沉浸在自己的世界，唱着写给前女友的伤心歌谣。卖花的姑娘被音乐吸引，久久地停留在他眼前。当她得知男人还兼职修理吸尘器，第二天便拖了个蓝色的吸尘器，理直气壮地找了过来。

女孩是捷克移民，从小练习钢琴，虽然生活拮据，但她每天都会去一家乐器行练琴。拖着吸尘器，他们去了乐器行，刚认识的两人，一个吉他，一个钢琴，愉快地合奏；在公交车上，女孩每问一个问题，男人都用弹唱的方式回答；修好吸尘器后，女孩去男人的房间听歌，还答应为他填词……

像所有爱情故事的开始一样，他们偶然相遇，惺惺相惜。

但，这不是个普通的爱情故事。就像徐志摩的诗："你我相逢在黑夜的海上，你有你的，我有我的，方向。你记得也好，最好你忘掉，在这交会时互访的光亮。"这是一场充满偶然，却不断前行，不断交错的人生。

女孩早就结了婚，有个两岁的女儿，却迫于生活，四处打工，丈夫也不理解她的音乐。男人还眷恋着前女友，前女友一直希望他去伦敦发展，可他放不下家中的老父亲。女孩用捷克语说了一句没人能听懂的"我爱你"，男人也开玩笑般的邀请女孩一起去伦敦，彼此的情愫在音乐中酝酿，却始终默契地没有点破。

他们决定一起录张唱片。女孩身上迸发出一种超出年龄的勇气和世俗智慧，她帮他跟录音室讲价，带他去买廉价的西装，陪他见贷款经纪人，去找伴奏乐队。每当有人问起，他的音乐怎么样时，女孩总是无比坚定地说，非常好，你一定要听听。除了彼此的信任，她也发自内心地享受整个录音的过程。也许，这是她这辈子离音乐最近的时刻。

整部电影，就像一部超长的MV，又像是恍惚间的一场梦。没有什么情节，只是人与人的相遇、聊天、唱歌。男女主角他们一起去一个唱歌的小聚会，有老头，有中年妇女，每个人都认真而充满感情地一展歌喉。他们去贷款经纪人的办公室，经纪人听了男人的歌，夺过吉他，激情四射地即兴唱道："我想变得真实，我想做我自己，我愿意让你成为你自己，你也想我变成我自己吗？"然后，爽快地盖了章。

所有的相遇都伴随着歌声，所有的相遇都只是一刻。于是，男女主角一起唱歌、录歌，录完之后，便各自上路。

不是没有遗憾，也不是不想努力尝试一下，可是，我们在各自的轨道上运行了太久。

人生没有结局，所以也不要试图在电影里期待结局，我们能做的，只是在相遇的时候，彼此懂得，尽情绽放，然后继续往前走。

写封信，寄给你最爱的人

南静／文

信息社会发展到现在，写信仿佛已经是上辈子的事情。好像前一天大家还在期盼远方的只言片语，今天就已经很少提笔写字了。

我是个不善于表达自己的人，要我当面去表达一种情感，不如让我去做苦力。可是面对纸张就不一样，你的哭与笑，羞涩和愤怒，平日难以启齿、羞于表达的情感，都可以借助文字呈现出来。一张信纸就像一层面具，在它背后，你不会不好意思。

给男朋友（经过法律程序，已经上岗为老公了）写信源于某次上班时间停电。那之前我已经很久都没有写过除了工作之外的文字了，写博客也是一种写，不过是在键盘上打字，和握笔相比，那感觉到底是不同的。那天上午突然停电，办公室里一片热闹，离开了电脑，好像每个人都有些如释重负。一片热闹中，我伏在黑屏的笔记本前面，左手边是一摞稿子，右手边是一堆书，脑子里似乎有了多余的情感。

没有电，才有时间去聊天、说笑，有时间去想生活中的细节，自己和别人的错与对。

我想起了我和男友之间相处的细节，彼此的差异，我感受到的幸福和不满足。虽然每天在一起，每天上班还要聊天，但是我想，我还是有话要对他说。找来一份稿纸，提笔就写，想说的话自然而然，太多太多。说我们的相识，说我们的游戏，说我所见和我所感。写着写着，感情过于充沛，还把自己写哭了。

给爱人写信，也是一种感情的梳理过程，检视对方和自己。两个人，相爱容易相处难，一段爱情要头脑清晰地走向婚姻，这种梳理可能要经过很多形式、很多次。即便终究没有在一起，至少也是清楚地离开。一定有更美好的人在等着你。

上高中的时候，我独自在内蒙，父母在吉林，整一年半没有见过面。后来高考结束回家，我才知父母每日盼我的信有多煎熬。每次我的信一到，他们两个立刻放下手里的活，爸爸戴上花镜，两个人坐在炕沿，头挨着头，一遍一遍地看我写来的信。我当时一个人在异地过得很辛苦，信里透露了很多，爸爸妈妈每次看我的信都不停地掉眼泪，看完后再把信留得整整齐齐。

其实后来说起这些，我也不是很懂父母的情感，我只知道父母是很心疼我。直到我自己也有了小孩，才明白那是什么感觉——对于孩子，不求大富大贵，但求平平安安。现在网络很方便，我也经常给爸妈买东西，每次寄东西，都附上几句话。

哪怕是只言片语，他们看到了都很开心，看了一遍又一遍。不在父母身边的我们，怎么忍心不多说一点？

爸爸有位知交好友，他们一生彼此惦记，无论贫穷富有，开心不开心，都没有放弃过。人的一生有这样一位知己，真是一种幸运。我也遇到过一位这样的朋友，我们相交十年，从形影不离，到渐渐分歧。她可以轻易令我暴走，也轻易令我开心。我们有很多美好的时光，一度觉得可以不要男人，不能不要彼此。

后来是怎么走到现在的境况呢？其实我也想不太明白。有一天她和我说要绝交，我说好。我用了两年的时间走出这段感情。这两年中我时常做梦梦见她，也时时劝自己要放下——我们只是没有做朋友的缘分了。直到偶尔得知我被她那样想过，那种感觉像是你掏心掏肺，可是却被最爱的人捅了一刀。那一刻风清云散。

我有给她写过一封信，可是我始终没有寄出过。如果这段友情放到现在，我也许会处理得更好，可是这感情发生在少年时，彼此的伤害已经造成，现下的境况不是一时一地形成，只当我没有像爸爸一样幸运，一生一直有一位知己。

艾小羊：
没有不好的爱情，
只有不知反思的人

"爱情无所谓好坏，一切都是你的应得。爱情是一个人人格健康程度的试金石，如果在一段感情里，你们频繁争吵、互撕，没有成为更好的人，而是变得面目可憎，这段感情会让你明白你不适合什么样的人。"

蜜思　　先向读者们打声招呼吧！

艾小羊　我是艾小羊，大学时学的专业是考古，挖过墓，整理过陶片，画过地层图，学过人体骨骼鉴定，现在自称"斜杠青年"：自由作家/咖啡馆经营者/读书活动推广人/自媒体创业者/烹饪达人/二孩妈。

蜜思　　你从小就是一个对人与人之间的情感、内在情绪格外敏感的人吗？是在怎样的契机之下开始写爱情小说、情感专栏的呢？

艾小羊　我从小就是一个对生活敏感的人，记性特别好，而女性作家通常会对情感格外敏感。情感是我们生活中很重要的一部分，我们的很多生活技能、内观与自省、与世界的关系，等等，都是通过爱情课获得的。每个作家，写人生，写生活都是由点及面的过程，像挖井一样，由一个点深入并且储存。

我最开始写专栏的时候，情感作家非常红火，编辑希望我火，就给我戴了一顶情感作家的大帽子。我自己明白，我不会专注于情感，我更多感兴趣的是在生活这个宏大的舞台：我们怎样与自己相处，怎样坚定地成为自己，在这个繁杂的世界里怎样活得更有自信。

蜜思　　现实生活中的你，有着怎么样的情感经历呢？

艾小羊　年轻时拼命谈恋爱，结婚后安于平静。我在许多方

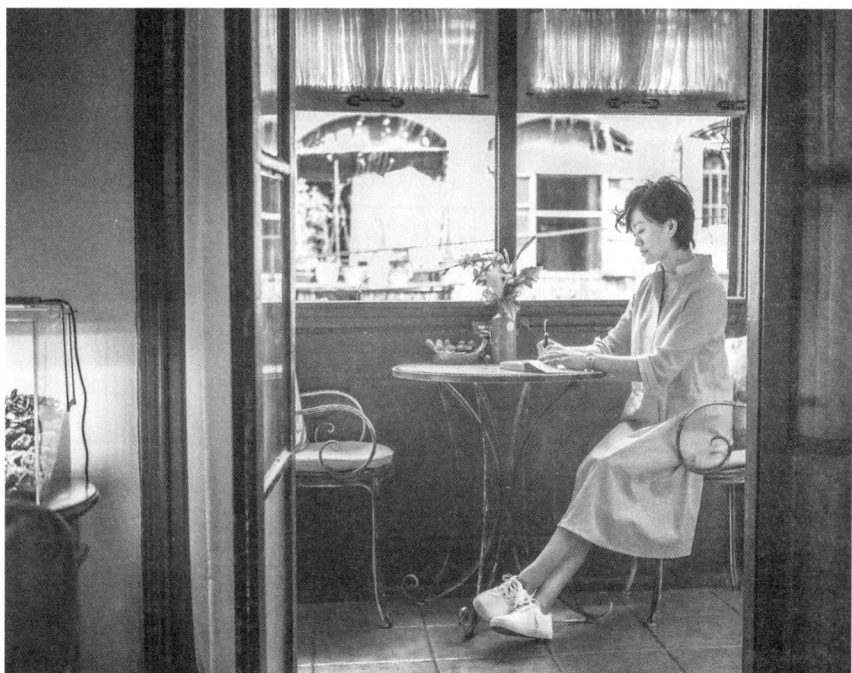

面，都觉得时间不是问题，然而在爱情方面，我是一个信服年龄的人，觉得恋爱要当时，年轻时的恋爱最美。

蜜思　在你看来，一段"好"的爱情应该是什么样的？

艾小羊　爱情无所谓好坏，一切都是你的应得。爱情是一个人人格健康程度的试金石，如果在一段感情里，你们频繁争吵、互撕，没有成为更好的人，而是变得面目可憎，这段感情会让你明白你不适合什么样的人，不适合什么样的感情，你下次会避免进入相似的爱情漩涡，这是这段感情给你的好处。

从人生经历来说，没有不好的感情，只有不知反思的人。如果单纯从感情质量方面，好的感情当然是情投意合，三观相近，彼此包容，更重要的是，你们对生活要有相似的激情。

蜜思　　你日常的工作和生活状态是什么样的?

艾小羊　每天都在跨界与"精分"的状态里。日常状态就是我
　　　　的时间我做主。什么叫做主呢? 就是能把一分钟掰成
　　　　八分钟用,当你开始做一个斜杠青年,实现各种跨
　　　　界,提高效率才能提高生活质量,我很享受这种向生
　　　　命偷时间的感觉。

　　　　每周工作五天,节假日争取不工作,或者只做一点散
　　　　活、急活。能安排在咖啡馆里见面的人,能在咖啡馆
　　　　里完成的工作,都安排在咖啡馆,创业团队也在咖啡
　　　　馆办公,别人有万能的某宝,我有万能的咖啡馆。

　　　　每周去健身房三次,健身房离家的步行路程必须在十
　　　　分钟以内,这样才易于坚持。不去健身房的时候,也

会在家健身，健身其实是随时随地的——乘电梯的时候，三点一线贴墙站，看视频的时候，把IPAD挂在前面，也是三点一线贴墙站，"罚站"是特别好的健身方式，而且不耽误其他事。

我崇尚的是一日之计在于晨，早晨精神最好，写作一般安排在早晨。7点起床，中午之前，把一天的写作、读书任务完成。下午去咖啡馆，边喝咖啡，边完成其他工作。不是每一天都能回家吃晚饭，但会坚持每天九点以前到家，陪孩子一起阅读。作为"清唱"读书会的发起人、阅读推广者，阅读当然要从娃娃抓起，再忙也要保证与孩子每天40分钟的阅读。

蜜思　　你对未来三五年的生活规划是什么样的呢？

艾小羊　事业方面，我的一切规划是围绕自己的核心竞争力：

写作。文字是我的最爱，目前尚未朝三暮四。三年五年，对于做成一件事来说，太短暂了，有些事情，可能要用十年去完成，有些事情，要用一辈子完成。

未来三五年，最重要的人生规划是体重不要增加，我今早把一条十年前的裙子拿出来穿了，除了腰有一点点紧张，其它方面都很好。这是一种很严重的开心，好像岁月并未流走，你我都还年轻。年龄渐长，对年龄反倒越来越不敏感，年龄的束缚是年轻人的荒原，对于熟女而言，每一年，体重无所获，灵魂有所得，年龄越长，内心越丰富越淡定，这种感觉，幸福感甚于自己年轻的时候。

INTRODUCTION
蜜思小团队

彭浪

前图书编辑，现在是热爱烹饪和做家事的自由职业者。对自己最自豪的地方是不停地通过各种选择，试图让自己离自由更近一些。

人生的理想状态是，为喜欢的人做饭，为喜欢的人编书。前者是每日操持家务的动力，后者则是现在努力前进的方向。

yoyo

喜欢新鲜，讨厌重复，因此人生履历有些混杂：杂志撰稿、图书编辑、微信运营，还"节外生枝"做过话剧执行制作人。

目前，是带着俩娃的妈，兼文字工作者，顺便经营着一家亲子主题的民宿——"童年别墅"。有时候累到抓狂，有时候棒到飞起。

西西

非典型魔羯座，善于从不同的领域捕捉共性与趣味，写书、出书，从出版圈到互联网金融，从图书编辑到品牌传播者，对每一个大大小小有态度的品牌深深着迷，对未知的一切充满向往。

蔚蔚

转基因白羊座，非典型上海姑娘。爱美爱吃爱笑，但最爱的还是文字的力量。曾经的美术编辑，现在学着成为会设计的好编辑。

辗转腾挪之后，体悟人生重要的不是身份的界定，而是你真正做了什么。立志成为"设计师里最像编辑，编辑里最懂设计"的创作者，并为之努力着。

南静

在互联网界和出版界来回折腾，最终回归出版的摩羯座。热爱关于出版的一切，享受和事业伙伴脑力激荡的过程，并一起收获成果。是的，这是一个以工作为乐的典型变态摩羯。

彭浪

yoyo

西西

南静

蔚蔚

图书在版编目（CIP）数据

每个女孩都是生活家：好感生活的 32 个提案 / 蜜思著 . -- 北京 ：
北京时代华文书局，2017.7

ISBN 978-7-5699-1529-7

Ⅰ . ①每… Ⅱ . ①蜜… Ⅲ . ①散文集－中国－当代 Ⅳ . ① I267

中国版本图书馆 CIP 数据核字（2017）第 078904 号

每个女孩都是生活家：好感生活的 32 个提案

Meige Nühai Doushi Shenghuojia : Haogan Shenghuo De 32 Ge Ti'an

著　　　者 | 蜜　思

出 版 人 | 王训海

选题策划 | 陈丽杰

责任编辑 | 陈丽杰　袁思远

装帧设计 | 孙丽莉　段文辉

责任印制 | 刘　银

封面摄影 | 夏小暖

内文摄影 | 彭　浪　yoyo　西　西　蔚　蔚　羊头　慧　慧
　　　　　谭　天　张小喜　刘潇然　金　鑫　王恩斌　张小苗

插图绘画 | 蔚　蔚

出版发行 | 北京时代华文书局 http://www.bjsdsj.com.cn

　　　　　北京市东城区安定门外大街 136 号皇城国际大厦 A 座 8 楼

　　　　　邮编：100011　电话：010 - 64267955　64267677

印　　　刷 | 北京卡乐富印刷有限公司　电话：010-60200572

　　　　　（如发现印装质量问题，请与印刷厂联系调换）

开　　　本 | 880mm×1230mm　1/32　印　张 | 7　字　数 | 145 千字

版　　　次 | 2017 年 9 月第 1 版　印　次 | 2017 年 9 月第 1 次印刷

书　　　号 | ISBN 978-7-5699-1529-7

定　　　价 | 39．90 元

每个女孩都是生活家
文艺的姑娘改变生活